追逐一夜花語

栞涵——著
蘇力卡——圖

目次

Part 2 心花朵朵開

Part 3

傾聽那花語

Part 4 如夢花事了

自序

種一朵文字的雲

年少時，我曾經嘗試著寫詩，在那青春奔放的年月，寫了一疊又一疊。後來沒有繼續，是因為詩含蓄甚至隱匿，有時候，的確也有一些「猜猜猜」的趣味。可是，我希望母親能更輕易的洞悉我的思維和生活，最終，我選擇了散文書寫。

詩，被我藏在心的深處。雖然不再寫，卻也沒有全然遺忘。

然後，我出了散文書一本又一本，偶爾，也做過一些不同的嘗試。

一九九〇年八月，漢藝色研幫我出了手記書《有情相待》，市場的反應極佳。

然而，那本書寫得好辛苦，先把心中的意象寫成詩，再從詩轉化成極小品。或許是因為這樣，詩的質素高，感覺很精緻。當然，漢藝設計的清雅也加了很多分，非常感謝。

當時覺得太費力氣，實在沒有能耐再寫。

二十多年以後，想想或許再來寫一本吧。十年前已經開始著手，但是沒有完成，就被擱下。一擱，竟也這麼久了。近日想到，又撈出來繼續寫，就成了如今的《追逐一夜花語》。

書名很美，輾轉出自詩人涂靜怡的詩句。當初特別情商要了來，原是希望作為我詩集的名，結果竟成為我的「暖心小語」中的第三本，的確是始料所未及；然而，其中或許有著因緣的流轉，我也覺得很好，並謝謝靜怡姊的玉成。

這本書，如果說比較不同，是因為寫了很久。隨著歲月的更迭，我也經歷了許多事，有一些獲得，也有一些失落。我想，尋常的人生就是這樣吧，連惆悵都不必有。

我的心思從來單純，也讓生活變得簡單，我喜歡這樣。簡單不繁複，單純不拘束，讓我可以活得更加自在，有如天邊飄來的一朵雲，多麼怡然自得。

我終於明白，今生我朝思暮想，最大的盼望是種一朵文字的雲，我歌我哭，都隱藏在字裡行間；而那朵雲也可以根植於大地，像一棵樹，帶著思念和愛，日夜生長，從不停歇……

常常我在安靜裡讀書和寫作，有時看雲卷雲舒、花開花謝、葉子的由青碧轉為衰敗，日子總是如歌的行板。

的確，我以好奇的心觀賞人間風景；也以感恩的心感謝歲月歷練。能得今日如此，我以為，已是上天的恩典。

書裡，有許多眼前景物的描摹和屬於內心的私語。但願，也能給人希望，給人美善，給人忘憂，給人智慧，給人平安，給人快樂……縱使不能至，我也心生嚮往。

你會喜歡《追逐一夜花語》嗎？我由衷的盼望，那些真摯的文字也曾觸動你的心弦，帶給你深刻的共鳴，那不也是一種心靈的相逢？

琹涵 寫於二〇一九年七月

part 1

記憶裡的花

因為母親的愛無法遞送
給離家在外的兒女。
於是，日日月月，
她在土地上，栽植深深的思念。

part 1

記憶裡的花

花語錄

稚子的笑靨就是這般的天真，未解世路崎嶇，未解人情冷暖，眼前，人人都可親，事事亦有趣。

我問雲：是偶然路過此處？還是專程前來？
雲總是默默，不發一語。
或許，在雲的眼裡，人間多麼新奇，有紛爭也有溫暖。

或許，是因為母親的愛無法遞送給離家在外的兒女。於是，日日月月，她在土地上，栽植深深的思念。

曾經褓抱提攜，一瞑一寸長，然後大了老了長眠了，回顧時，又何嘗不是短如一瞬？想來，讓人驚懼也感傷。

這一樹鮮麗的紅葉，在風中搖曳招展，每一片葉子都是思念，被離人的淚水所浸濕，而染得更紅了嗎？

就在別離的那一刻，所有過往的甜蜜全都上了心頭。此地一為別，何日重相逢？每思及此，更增添了離情依依。

且看那紅葉，豔紅如血，也似焚燃的愛，這樣的奮不顧身，多麼讓人驚歎。

楓紅中的銀杏，好像是一首歌，清新迷人，魅惑耳目；只是，音符如何能淋漓演繹？所有的音樂，不過都是對大自然天籟的揣摩，畢竟無法替代。

大自然的美景，從來就是上天恩賜的禮物。洗滌塵埃，淨化人心。是留存在記憶中，永不磨滅的美。

我諦聽，春天的腳步聲，從遙遠的他方逐漸行來，款款如雲。可是，隨著季節的流轉，春天來了也走了。

你微笑，像花兒的綻放，青春如此迷人，那竟是年少時的自己。錯身而過時，我也微笑。

我知道，我已不再年輕，然而，我更愛此刻的自己，心中篤定而意態從容，沒有遺憾。

我知道，了解自己的內心是重要的，如此，才可以真正起程去追夢築夢。我的心，可以走到更遠的地方，那裡有夢。

旅行途中，好山好水好人情，的確讓人耳目一新，有很深的共鳴。更吸引我的，卻是終究可以回家。在我，回家，才是整個旅程最美的句點。所以，我更想要讓我的心去旅行。不須護照，沒有行囊，說走就走，多麼的快意平生。

隨著旅行的次數多了，行囊越帶越少，也讓旅行變得比較輕鬆。人生也是一樣吧，身外之物越少越好。

活在世上，非要不可的東西，其實並不如想像中的多。我們不斷的買東西，也讓自己為物所役，很難清心自在。

我們都只是這大千世界的旅人，終究是要離去的。

笑聲都如歌

放學了，終於。

每天讀書，上課、下課，一節、兩節、三節……等的，不就是放學的鐘聲嗎？

當鐘聲在期待中響起，還有比這更為美妙的樂音嗎？彷彿整顆心，都為之歡呼了起來。

陽光正好，走在回家的路上，有的並肩絮語，有的笑鬧追逐，有的停停走走，所有的笑聲都如歌。青春，你何處躲藏？

年少的孩子，從來就是國家的花朵，在愛的培育和澆灌之下，都將美麗了整個宇宙。

我們不也是這樣長大的嗎？從小樹苗，到參天的大樹，這是歲月不曾言說的祕密，也是一個愛的奇蹟。

放學的鐘聲又響了，有多少孩子快樂的從校園裡飛奔而出，笑聲都如歌。

當時年紀小

童稚的心，洋溢著天真，看什麼都感到興味盎然。

即使只是玩，也是一種何等快樂的遊戲。玩再多、再久，也不會喊累。

在他們的眼裡，世界就像是個萬花筒，不斷的旋轉出讓人驚喜的美麗來。有一天，當他們忍不住想要一探究竟時，彷彿是魔法的終結，只在眨眼之間，童年的身影已經遠逝。

居然就像飛的一般，什麼也抓不住了，只留下一片惆悵。

也許，只能在夢中，和童稚的自己相逢。

只是，相逢時，你確定，仍然相識嗎？

也是一種幸福

你看過天真的容顏嗎？

稚子的笑靨就是這般的天真，未解世路崎嶇，未解人情冷暖，眼前，人人都可親，事事亦有趣。在他的眼裡，天地是無限的寬廣，從來沒有預設的立場，可以一面走一面欣賞啊！

長大以後，我們才深切的知道：可以任意馳騁的時光太少了，可以讓夢想飛翔的處所太難得了。曾幾何時，歷經了許多挫折以後，我們沮喪，有時候甚至絕望，然後，我們也逐漸變得世故了起來。

在回顧的時刻，我們終究明白，原來，懵懂的天真，也是一種幸福。

廣場裡的祕密

小時候，住家前面有個廣場，空空蕩蕩的。

其實，廣場裡有著成排的木麻黃，有籃球場，有一大塊空地，有時候會有部隊前來駐防，有時候舉辦棒球比賽，或者夜晚時放映露天電影。

小徑幽幽，還有一個防空洞，洞外林立著木麻黃，偶爾見花紅點點，渲染得無限歡樂。

可是廣場裡的嘉年華？可是春神的生日宴？

只見繽紛處處，一團熱鬧。

有一年，我們學校的校舍不夠，我們還曾拿著小板凳和報紙在木麻黃圍繞下上課，白雲優游，是否也聽到了我們朗朗的讀書聲呢？

原來，廣場裡還另有天地。

我曾在那個防空洞中找到一個漂亮的菱形小花瓶，還是橘紅色的呢。到底是誰不小心遺落的？到底那裡頭隱藏著怎樣的祕密？

當年我的年紀小，無由得知，因此在我心中它便一直是個謎了。

問雲

是誰在觀望？原來是天上的雲兒朵朵。

我是一個安靜的人，從小就跟雲做朋友。

小時候，外出上學，雲總是不放心地跟著我，甚至不斷的變魔術給我看，讓我在上學的路上不孤單；放學時，還照常陪伴，只是放學時有路隊的友伴，多半是我把雲給忘了。

回到家寫作業，雲又在我的窗前張望……

長大後，我在桌前寫作，一側身，也能看到雲的身影。

我問雲：是偶然路過此處？還是專程前來？

雲總是默默，不發一語。

或許，在雲的眼裡，人間多麼新奇，有紛爭也有溫暖。

我好想問：你，要不要多留一會兒？還是啊，想縱身一躍化為雨，熱情的擁抱整個大地？

流光容易

流光容易，把人拋。

彷彿不過是在昨日，我帶著羞怯的微笑，走在美麗的校園裡，聽著鐘聲敲了又敲，上課了，下課了，換教室，回寢室，去餐廳，散步，欣賞夕陽。

怎麼想得到啊？才一轉眼，我們已經走到了人生的黃昏。

中間的歲月到底是怎麼過的呢？緊張忙碌，追趕跑跳，還說不出個所以然來，一切都已飄渺，無處可尋了。

倘若還有機緣，再見當年花開，我要說：「花且住，春到枝頭已十分。」

只是，當青春遠逝，說什麼，也都是枉然了。

凝眸處

春日，上陽明山賞花。

好一場繽紛燦爛，如煙似霧。花顏如此美好，應念我，終日凝眸。

久遠以前，曾經我是在華岡讀書的年輕女孩，朗朗書聲琴韻，交織成如詩的歲月。

那時候的陽明山公園，只是我們的後花園。課餘之暇，我們常悠閒的四處走，國家公園固然美麗，山徑上兩旁的青翠總是不減。但見每一棵樹都挺拔，花開別樣紅，也各有風姿。

岡上四年，轉眼即過，宛如一夢。

此後，友朋星散，再無相偕一起賞花的同伴了。

華岡仍在我的夢裡，和那青春如花的往日時光，一起埋藏在記憶的深處。

凝眸處，多少事欲說還休，只怕更添新愁。

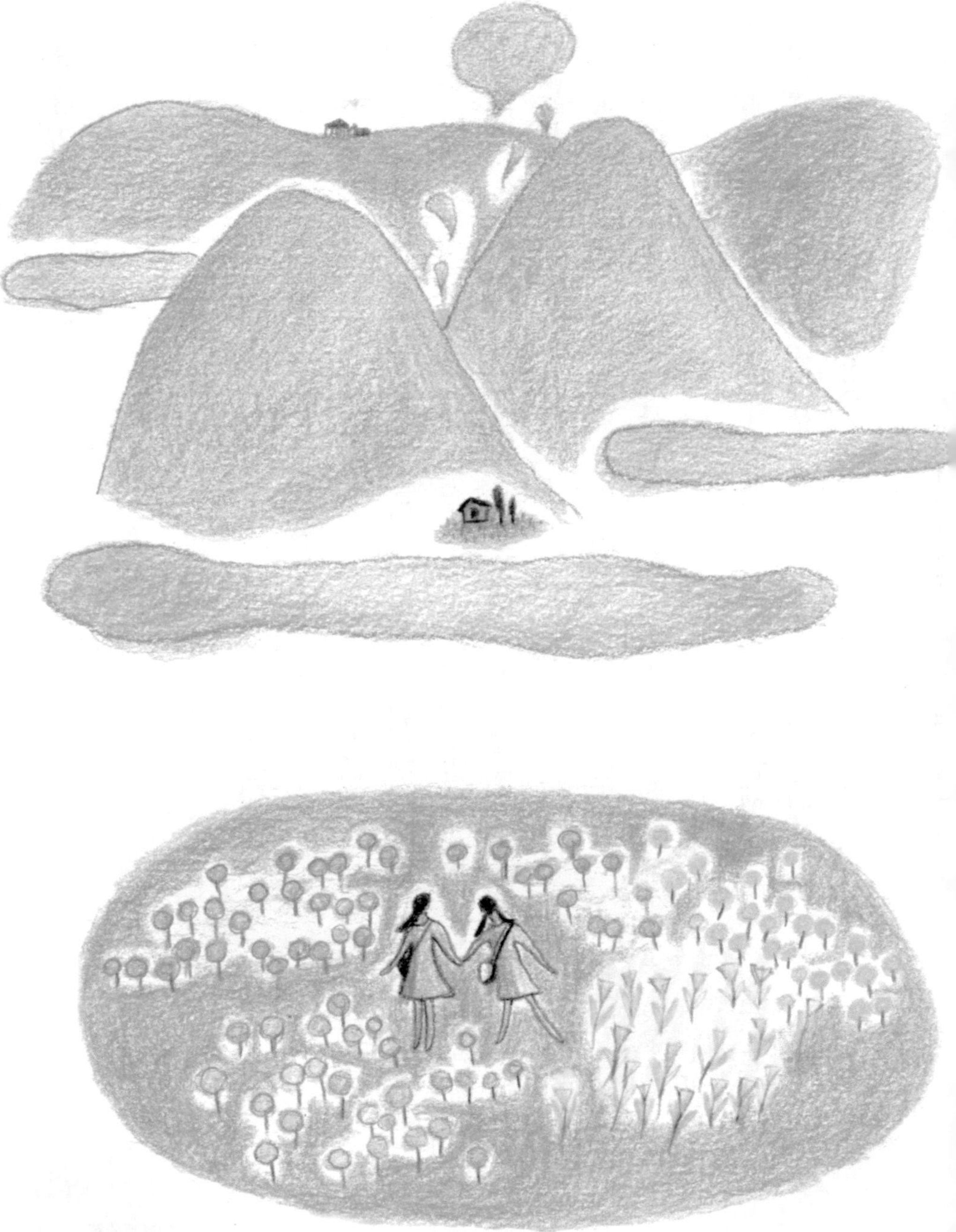

海芋花開

海芋花開，多在春天的三月下旬。花開都是美，你曾看過不美的嗎？

我喜歡簡單的花形遠勝過複雜的，為此，我喜歡海芋。

多年來，每當海芋花開時，就常聽聞有關海芋花季的活動，怕它的過分熱鬧登場，人太多了，彷彿趕集。我們總在這之前，獨自和朋友驅車前往竹子湖。竹子湖在我，是印象深刻的。剛上大學的第一個冬天，就遇上了陽明山下雪，正確的地點是在竹子湖。青春洋溢的年輕人紛紛湧向竹子湖，歡聲笑語不絕……儘管時隔遙遠，依舊是我心版上不滅的圖畫。

海芋的外形果然簡單而清純，白色的海芋更是清新柔美。

海芋的花語也非常迷人，是純潔、幸福、清秀、純淨的愛。海芋本身也代表了真誠、簡單、純潔。

據說：白色海芋送給朋友，花語是「青春活力」；黃色海芋送給至交，花語是「情誼高貴」；橙紅色海芋象徵愛情，請送給心儀的人，因為它的花語是「我喜歡你」。

你呢？你喜歡哪一種顏色的海芋？我只要海芋花開就好。

山的女兒

她爽朗健美，還有一張秀麗的臉。
讀大學時，她是學校裡登山社的一員。
登山社，顧名思義，課餘之暇，大都在爬山。
學校就在高高的山上，四周不乏青山，於是她跟著大夥兒到處爬山，甚至還遠征百岳。
不登山，不知臺灣之美。不攻頂，不知人應謙卑。
她老是在爬山，直到大學畢業。
每當回想起自己的大學生活，她的眼前出現的總是重巒疊翠的山，以及鳥鳴花唱，還有林木清幽……
我們看她，善良寬闊，是山的女兒。

芒花

以前我在陽明山讀書，秋天時，不遠處的擎天崗，常見芒花在風中搖曳的身影。還有人搭車前來觀賞，「這些都市人啊，連芒花都當成了寶。」簡直讓我們笑到要摔倒。

芒花算是什麼花呢？比不上茉莉和夜來香芬芳，沒有玫瑰、繡球花豔麗，不及鬱金香、木棉花搶眼……論香論色皆輸。

你會喜歡芒花嗎？

芒花之美在數大，以量取勝，少許的芒花只顯得單調、樸素，很難招來眷顧的眼神。一大片的芒花則像洶湧的海浪，一波波遠去，寬闊、自由，也迷人。

芒花處在山林之中，花期很短，屬於秋天，微帶著惆悵的氣息。

慢慢的，我自己的年歲大了，竟然開始喜歡芒花了，會不會也是因為屬於我人生的秋天早已近了？

晚霞滿天

黃昏的港口，人已散，眾聲已歇。

那麼，舟子何處去了？是忙著秤漁獲去了嗎？

只見這兩條繫在岸邊的船，仍在水面上輕晃著。輕晃著，慢悠悠的，彷彿把時光都給晃慢了。

還是不見人影，風景是主人。

小時候，我的好朋友就住在漁村裡，我們常在放學後找她玩。她沉靜，不愛說話，總是陪著我們打水漂兒……直到夕陽的餘暉映照，一片豔紅，景色多麼令人難忘。

想當年的晚霞滿天，如焚的景象，有動人心魂的美。

那小漁村還在嗎？故人還好嗎？

養鴨人家

綠蔭下，溪水邊，三兩鴨子靜默凝視，悄然無聲。

遠處，有一大群鴨正聒噪，和牠們無涉。

只是，想起昔日的「養鴨公主」，不知如今何在？結婚了，離婚了，紅塵滄桑幾多淚痕？誰又能逃躲所有世間的橫逆與試煉呢？

眼前但見，斜暉脈脈，水悠悠。

寄語流水

年少時，我常在課餘之暇，拿一本詩集到小溪旁坐著。
是要讀詩嗎？其實，只是想聽流水的聲音和看天空的寬闊與蔚藍。
有時候，水流湍急，我好想問：「你的步履這般匆忙，想要奔赴何方？」流水仍
不顧眼前重重的阻礙，奮力前行，激濺起了無數的水珠。
有時候，波平如鏡，白雲映照，安緩也如詩。
那麼，我們呢？是否也能動靜皆宜？
我但願自己，不只溫柔，更要勇敢。

含笑花

很久以前，有一次閒聊，媽媽說，她喜歡含笑花，可是，已經好久不見這種花了。只是閒說，加以我事忙，也就沒有放在心上。

媽媽辭世多年以後，我突然想起了含笑花。

這種花，白色而香，正因為花開時並不全然綻放，彷彿含笑的模樣，由此而得名。花期很長，在春天時盛開。你知道嗎？這麼含蓄的花，每每選在黃昏時分綻放，初開時，香氣襲人，略帶有香蕉花的氣息，很多人都喜歡它。

我還讀到了宋代詩人鄭潤甫為它所寫的詩：「自有嫣然態，風前欲笑人。涓涓朝露泣，盎盎夜生春。」它的嬌媚動人呼之欲出。

我相信，我曾看過含笑花，在久遠以前，只是當時未識其名。

如今媽媽已然遠逝，我們再也無法在含笑花綻放的幽幽香氣裡，一起談天說地了。每想到這兒，內心有多麼的惆悵。

此後，含笑花成了我想接近卻又帶有幾分情怯的花朵。

含笑花的樸素幽香，多麼像是媽媽為人的風格。我的思念，終究無可遏止。

記憶裡的花

曾經是我家庭園裡的嬌客，嫣紅一片，繽紛滿院子。

那樣的美不勝收，連天邊的晚霞都要相形失色。

那些年，我們這些手足紛紛離家外出讀書，而後就業。鄉下，只留下父母兩老，守著偌大的日式房子和庭院，安靜的過日子。

或許，是因為母親的愛無法遞送給離家在外的兒女。於是，日日月月，她在土地上，栽植深深的思念。

大地，在沉默裡，以滿園的繽紛花朵，給了辛勤的她，最豐美的回報。

屬於英雄

我喜歡木棉花的橘紅色，宛如焰火，燃亮了整個天空。

那樣的色澤鮮麗，果然特別。

我也喜歡木棉花即使有朝一日必得委地，仍然保持完整，多麼了不起。沒有飄零的黯然和落寞。

如此傲岸不屈，大概只有英雄才能做到這樣吧？

平日的木棉，立在路的一旁，無視於紅塵滾滾，車來人往。它默然的站立，以自己的姿態向遠處的天際伸展。當花朵零落殆盡，在料峭春寒裡，以所有裸露的枝枒，昭告了一己無悔的深情。天地能不為之感動嗎？因此紛紛招來了新綠，又見生機盎然。

只是一株木棉樹，也仍然有著自己的堅持，挺立在大地之上，認真紮根，但願能不同於流俗。

記憶裡，母親曾將木棉果莢裡的棉絮輕輕取下，替我做了一個鬆軟的小枕頭，讓我枕著枕著，就沉入了甜蜜的夢鄉，夢裡有著滿天橘紅的花朵以及母親深長的愛。

長大以後，我沒有成為英雄，但是我知道我有個英雄朋友，那就是木棉樹。

鄉下時光

在我成長的歲月裡，住的是鄉下的日式房子。

房子很大，房間很多。有前庭後院，院子裡還有水塘石燈假山，以及許多的花木和果樹。

我的房間有整排的木格窗子，可以看到前庭的釋迦樹和荔枝樹。那時候，我已經在外地教書了，雖然假日回家，卻也匆匆。多半是陪伴雙親閒話家常。那些年，父母逐漸老去，幸好還算健康，手足則多在遙遠的他方，甚至國外，我算是距離父母近的呢。

第二天的清晨，我在鳥語聲中醒來。看見陽光透過木格窗子投射進來，有一種溫柔。我跟父母一起喝茶說話用餐，直到下午近黃昏時，我就要搭車返回工作地了。

如今回想起來，歲月無驚，父母康健，已是天大的福分。

那時還能承歡膝下，又有多少人能夠呢？

如今早已搬離鄉下，父母相繼遠逝，一切都只是夢幻泡影。

芙蓉花一朵

那日，我走過別人家的圍籬，竟然看到有一朵紅色的芙蓉花，從籬落間探出頭來，在風中自在的招展，彷彿很快樂的樣子。

原來，那戶人家是以芙蓉圍籬。

我想，只有鄉下人家才有這種奢華的幸福。

在成長的歲月裡，我們搬過幾次家，由於住的都是公家的日式宿舍，住家環境也都大同小異。總之，個個都美得像公園。

高雄時，我們住家的圍籬是芙蓉花。

臺南時，圍籬是七里香。

於是，在記憶中，無論七里香或芙蓉花，我都以為，它們理應環繞著我們的住處，而不是盆栽裡的花。

看著那一朵美麗豔紅的芙蓉花，我想，我的誤會大了。從來不曾給她應有的名分，委屈數十年，也算是很久了。

不知她會不會恨我？

雲來，霧也來

雲來，霧也來，那是山居歲月中最美的記憶。

那些年，我在白河教書，就在關子嶺下。山青水碧，夏日時，還有大朵的荷花迎風招展。

可嘆，年少的孩子們一無所覺。他們仍在父母的羽翼下，從來不曾離開過家，不知自己生活在一個美麗的桃花源。

每當我稱讚風景秀美時，總覺得他們的神情冷淡，要不就十分有趣味的望著我，他們會是怎麼想的呢？以為是我大驚小怪，太好笑了？

多年以後，他們長大了，在外地打拚，甚至也有了自己的家。

我們相逢。

他們爭先恐後的跟我說：「終於明白，我的家鄉最美麗，有山有水，雲來，霧也來。」

紅葉

多年以後，原先的小小楓樹苗都早已長大成林了。
彷彿只在轉眼之間。曾經是那小不點的樹苗，當春去秋來，多少歲月流轉，一切便全然不同了，蔚為壯觀。
那麼，人呢？曾經褓抱提攜，一暝一寸長，然後大了老了長眠了，回顧時，又何嘗不是短如一瞬？想來，讓人驚懼也感傷。
眼前的此刻，真想問：是誰畫筆多事，染得楓林如丹？
原來，那是秋日豐美的一幅畫。
我願將它細細收藏，在心的深處。
只是啊，有誰知道，風過處，那飄落一地的，總是我沉重的哀傷。

秋意

秋天來了，天地之間，有秋意如詩，楓紅如夢。

青山依舊嫵媚，水色仍是這般的溫柔。你聽，鳥聲在花叢之間流淌，清亮的音符，正此起彼落的相互應和著。

楓紅片片，連溪水都染上了這樣溫暖的色調，是誰執意，秋日一定是蕭索黯淡的呢？你看，臺灣的秋依舊是綠滿天涯路，但見生趣盎然，秋意鬧。

難道是，此地的秋仍存有幾分春所遺留下來的暖意？

訴說

到底你想說些什麼呢？

這一樹鮮麗的紅葉，在風中搖曳招展，每一片葉子都是思念，被離人的淚水所浸濕，而染得更紅了嗎？

就在別離的那一刻，所有過往的甜蜜全都上了心頭。此地一為別，何日重相逢？每思及此，更增添了離情依依。

且看那紅葉，豔紅如血，也似焚燃的愛，這樣的奮不顧身，多麼讓人驚歎。

你說：「就像一則謎題，讓人猜了又猜，不知答案。」

也罷，只有留待有情人來細細的讀了。

誰能留住？

綺年玉貌誰能留住？

青春如風，吹拂而過，也就消逝無影蹤了。

回顧時，所有走過的歲月也宛如一瞬，昨日青絲今朝已成白雪。多麼像是一個夢，只願是美夢；也像是一場戲，但願是好戲。

然而，戲會散，夢會醒，又有什麼是留得住的呢？

唉，我想：其實，什麼都留不住；然而，比我們的生命更長遠的，或許只有山水、雲霧，以及四季的流轉了……

記憶能更長久嗎？卻也未必。沒有人能預知自己是否能保持清明的神智，不要迷茫，更不要忘了自己是誰？

如果我們留不住青春，也留不住時光匆忙的腳步。我們終將只是一片落葉，宛如一聲輕微的嘆息，有誰留意過？

恩賜的禮物

楓紅中的銀杏，多麼像是一幅畫，清新雅麗，難以比擬。我心想：丹青如何能描摹傳神？大自然的美，如此靈動，加以生機盎然，多麼的珍貴。

楓紅中的銀杏，好像是一首歌，清新迷人，魅惑耳目；只是，音符如何能淋漓演繹？所有的音樂，不過都是對大自然天籟的揣摩，畢竟無法替代。

大自然的美景，從來就是上天恩賜的禮物。洗滌塵埃，淨化人心。是留存在記憶中，永不磨滅的美。

歲月的窗口

我倚在歲月的窗口。

外頭的陽光清朗，遠處彷彿有群樹正在歡呼。

任憑花開花落，四季更迭。我努力做自己，盡其在我，絲毫也不肯懈怠。

我諦聽，春天的腳步聲，從遙遠的他方逐漸行來，款款如雲。可是，隨著季節的流轉，春天來了也走了。

你微笑，像花兒的綻放，青春如此迷人，那竟是年少時的自己。錯身而過時，我也微笑。

我知道，我已不再年輕；然而，我更愛此刻的自己。心中篤定而意態從容，沒有遺憾。

春江水暖

春江水暖，群鴨已在池畔嬉戲。

陽光正柔和。冱寒早已遠去，空氣中有著微微青草濕潤的氣息。櫻花開了，美麗裡有著些許哀愁，因為花期不久長。

世上多的是這樣，越是繽紛燦爛，如花，也總是更快的飄零。青春，難道不是這樣？總是在轉眼之間，毫無蹤跡可尋了。

還有，我們在意的各種情感，越是愛得熾烈，越容易消弭變質。也許，唯有細水可以長流，可是等到了悟時，一切也都太晚了。

歲月是一棵縱橫交錯的大樹。而生命，是其中飛進飛出的小鳥。從小，我們站在樹下觀望，也看歲月的樹越長越大也越高，有多少心事難以言說。直到有一天，我們也跟著老去。

思考許久，我終究寫下了：「沒有誰能委屈你，只有你自己。世上多的是咎由自取，可是，我們總不明白。」我們一再的犯錯，卻不曾真心悔改，於是，萬事成蹉跎。這難道不也是咎由自取嗎？

又是一年的春江水暖，我願是那一隻快樂嬉戲的鴨，在陽光下歡快的呼朋引伴，沒有世俗憂煩。

嚮往遠方

小時候，遠方像一個謎，我以為，會有我嚮往的一切。

因為那時候我的年紀還太小，不能獨自前往，我只能在鄉村裡閒逛。在我眼裡，鄉村已經不小，聽說遠方的都市更大，人很多車子更多，有如蛛網密布，房子很高，摩天大樓更高，直入天際。這都是我所無法想像的。

我想，只有我長大，才能前往遠方，一窺究竟。

有一天，居然可以上臺北讀大學了，要轉車搭車還要再轉車，還真是有夠遠了。如今遠方，就在眼前了，一如我的夢境嗎？的確，人很多車子更多，有如蛛網密布，房子很高，摩天大樓更高，直入天際。……可是，我不曾流連忘返。浮上心頭的，總是溫暖的南方小城以及我的家人，還有簷前的紫荊花和荔枝樹。我發現，我不喜歡熱鬧，我更愛清靜。

好像夢的幻滅嗎？其實也沒有，只是我更加清楚自己的喜愛。我知道，了解自己的內心是重要的，如此，才可以真正起程去追夢築夢。

我的心，可以走到更遠的地方，那裡有夢。

不同的風景

我是個謹慎的人，從小聽話守規矩，人生的波折不多，一切都在軌道之上。

在別人的眼中，我的確是平順的，甚至被歸納在「幸運」的一組。也的確是。

只是日久了，竟然覺得自己的生活很乏味。

那麼，真的要去過一個完全不一樣的人生嗎？我沒有勇氣。

明知出國旅行是一個不錯的方式；可是，需要安排時間、選定行程，整理行囊……枝枝節節的瑣事很多，有時候也不能如願。

於是，我用了更快捷的方法，如看書，也看電影。

書有各種各樣，電影也有各種類別，內容完全跳脫了我既有的人生常軌。

我經常在別人的故事裡，那樣的離合悲歡，甚至匪夷所思，令人拍案驚奇，我終於看到全然不同的風景，彷彿自己也過了不一樣的人生。

的確，也很有趣。

我的心去旅行

心，也可以去旅行。

好朋友常跟我說：「妳應該多多旅行啊，寫文章的人旅行的效益很大，筆之為文，還可以感動許多人。」

也的確旅行是作家的必須。

多年以前，我們曾經一起出國去自助旅行，回來以後，我發表了十篇小文章。或許，讓她印象太深刻了吧？

只是，旅行有許多的前置作業，步履匆忙，也有很多的勞累。旅行途中，好山好水好人情，的確讓人耳目一新，有很深的共鳴。更吸引我的，卻是終究可以回家。在我，回家，才是整個旅程最美的句點。

所以，我更想要讓我的心去旅行。

不須護照，沒有行囊，說走就走，多麼的快意平生。

去讀書，去看電影，去靜坐，去沉思冥想……我的心跟著去旅行。

當我重新回到尋常生活，我清楚的知道，我充實飽滿，擁有更多的能量，也更有力氣面對所有的難題。

跟著春天走

春天，是適合旅行的季節。

草綠了，花紅了，溪水也漲起來了，鳥兒站在枝頭上引吭高歌。這時，料峭春寒已過，你穿起了薄薄的春衫，彷彿整個人都神清氣爽了起來。

你想要出去做個小旅行，一次心靈的小探險。

有什麼不可以呢？

找一個晴朗的春日，你從家中外出，尋一條小徑，那是平日不常走的。安步當車，你就這樣出發了。

經過了一個小公園，有人在散步，也有人運動和聊天。你心裡想，有一天也可以來這兒的步道走走。經過一個小學，看見穿著制服的小學生陸續進了校門，導護老師還在十字路口值勤。經過學校的圍牆，路樹在風中招展……

春天，真該去旅行。改天，也找個機會，到國外去走走。

跟著春天走，一路上都有繽紛的風景，讓人目不暇給，也會有歡聲笑語，讓人更加開心。

仙人掌

仙人掌努力抵抗乾旱，卻開出鮮麗的花。

我平日看到的仙人掌都是小植栽，放在窗沿或辦公桌上，與我相伴。不常澆水，我只在偶爾想起時，隨意輕灑一些。它對抗著高溫，忍受所有的乾渴。我每每想到它原長在荒漠之中，忍飢耐苦，多麼了不起。

有一年，我到美國的新墨西哥州玩，路旁多的是仙人掌，卻再也不是小植栽了。高大華美，彷彿是拔地而起。那一天，我老是有些恍惚，盆栽裡的仙人掌都成了大樹，難道是我走進了童話故事裡的「大人國」？

是的，仙人掌不該被局限在小小盆栽裡，它應該挺立在大地之上，迎著風，恣意的成長，才會是快樂的吧？所有的限制和拘束，都是對生命的傷害和不尊重。人類的自私，讓它只成為案頭的小植栽，純粹觀賞用，卻不知它更喜歡陽光、清風和雨露。

仙人掌的品種繁多，花色斑爛鮮豔，其實是美麗的。不因困境而灰心，固守一方土地，日久天長。

凝望

你們望見了什麼呢？是明日的期待？還是未來的遠景？

那年，在貧窮的尼泊爾，飄搖的政局，困窘的經濟，貧富懸殊的社會，不確定的未來，都成了人人心頭的隱憂。那麼，明天呢？但願終能盼得撥雲見日，而不是陷落在愁雲慘霧裡。

他們渴求的並不多：要有受教權，要有工作權，要的，也只是衣食足，也只是平安喜樂。

這樣的要求，有那麼難嗎？如果，在上者的愚民政策縱使能一手遮天，也只是一時，又哪裡能直到永遠？

就讓心中的希望熱切的升起吧！不再有衣衫襤褸的遊民，不再有沿途乞討的孩童，一個富足的遠景，難道是太大的奢望嗎？

但願，人人都有美麗的明日，都有歌聲笑語串起的繽紛……

讓我為你們虔誠的祝禱。

遠眺

在尼泊爾。

原本藍如寶石的天空，那天，雲來霧來，竟讓人看不真切。我們在一片飄渺裡眺望，只見魚尾峰若隱若現，雖然有時清晰，有時卻無可觸摸。這般的變幻莫測，多麼像是一個夢。

大自然的美，無可比擬，有時讓人驚歎，有時讓人屏氣凝神，有時則是滿心的感動。造物者何其神奇，給了我們這樣的厚禮。徜徉其間，我們的心靈受到了洗滌，可以學習，可以沉思，啟發也就多了。

山水花木，晨曦夕照，那樣的美麗，都帶給了我們永恆的悅樂。

人間行旅

第一次出國旅行時，我帶了一大堆東西，行囊如此沉重，都是負擔。難道怕在當地買不到嗎？非得自己扛了去？

隨著旅行的次數多了，行李越帶越少，也讓旅行變得比較輕鬆。

人生也是一樣吧，身外之物越少越好。

我的朋友曾經跟我說，她整理舊物，卻捨不得丟，結果整理了許久竟然毫無成效可言。

我說：「該丟的，就丟吧。別捨不得了。要不然，有一天你走了，兒女也全都當垃圾給扔了出去。」

她說，聽了我這麼說，果然清理起雜物就變得又快又好了。

活在世上，非要不可的東西，其實並不如想像中的多。我們不斷的買東西，也讓自己為物所役，很難清心自在。

我們都只是這大千世界的旅人，終究是要離去的。

part 2

心花朵朵開

天地之間的一朵飛花，即將殞落，
反而得到了更大的自由，
天寬地闊都為它所擁有。

part 2

心花朵朵開

花語錄

微笑傳遞了彼此的友善，也讓人覺得溫暖。每天在出門之前，我先給自己一個鼓勵的微笑，那麼，我就能帶著微笑，歡喜的過一整天。

如果微笑是祝福，那麼，請不要吝惜分享你的微笑。微笑，多麼像是花朵的綻放。花朵，繽紛了世界；微笑，美麗了人間。

繽紛的花兒是寫在大地上的詩。眼前綠色的地毯，延向了天之涯地之角，朵朵的花兒張開想像的羽翼，忙著一起參與創作，竟然無有止時。

那詩裡，有我不醒的夢。

天地之間的一朵飛花，即將殞落，反而得到了更大的自由，天寬地闊都為它所擁有。

可惜已經到了生命的最後。為什麼真正的領會都來得這麼遲？竟彷彿措手不及。就在此刻，凝聚一切的心得和情感，成了生命中最珍貴的頓悟。

請記住鮮花綻放時最美的那一刻容顏吧，其餘的，並不需要那麼在意。看花開花謝，其間有多少心情的轉折？人的一生也像花的開與落吧？只要努力過，也就值得了。

月兒彎彎，不是圓盤似的滿月。唉，人世中多的是離合悲歡，圓滿是冀望，卻不易實現，那成了內心的渴望和夢想。有夢的人生，也是美的吧？彎彎的弦月，是不是也勾起了你的思念呢？想起了一個人，一件事，一段時光？你的心突然溫柔了起來，彷彿回到了從前。你是更快樂，還是更惆悵呢？

你愛寫信嗎？我喜歡。尤其，在那久遠沒有電腦和手機的年代，寫信成了傳遞訊息的必須。有多少殷殷情意都寫在字裡行間，寫完封好，再付郵等待。在那悠緩緩的歲月裡，連等待也是美的。

想到那青青的草原，曾經印有我們當年尋夢的足跡，幽幽山水，也曾經聆賞我們飄揚的音符。青春，果真無敵！可是，韶華也易逝，彷彿就在一轉眼間，我們竟然老了容顏。

天上有閒雲一朵，看山，看水，也看地上忙碌的人們。怎麼會匆忙成這樣呢？熙熙攘攘，席不暇暖。為的又是哪一樁？勘不破的名韁利鎖，終究將自己緊緊綑綁，掙脫不易。我願是那閒雲一朵，日日夜夜走過你的窗前，仍不免好奇的對著你張望。

我們老是冀望那些自己所沒有的，卻遺忘了自己所擁有的幸福。

雲，要能忘憂，才能輕盈，才能遨遊四方，不被局限。不能忘憂的雲，心有千千結，勢必顯得沉重。雲若流淚，也就化成了雨，降落於禾田而為甘霖。雲有千種丰姿，美麗了我們的天空。雲或許也有百種心事，只是有誰知曉呢？

請珍重人生難得的緣分吧，能默默的守候，不離不棄，是福。縱使別離，能彼此誠意的祝福，也是福。如何看待因緣的聚散，成為我們此生的功課。

苦難，令我們成長，也學會了堅持和寬容。當我極目四望，就在天地的盡頭，深邃而廣袤的背後，有多少血汗交織，又有多少含淚的微笑！曾經不忍卒讀的，卻成就了人生的詩篇。

考驗，來自一次又一次的挫敗和打擊。因著挫敗打擊所引發的克服困難，也讓我們作更深入的思考和學習，愈挫愈勇，終於讓整個局勢翻轉而得到成功的契機。難道不是這樣嗎？要不，你以為學習從何而來？總是在痛定思痛以後，改弦更張，於是找到了更好的出路。

人間行路，停頓就是落伍，放棄無異於自承失敗。我們在受苦裡歷練，培養了足夠的能耐，那麼就請勇敢前行，尋覓良機，反敗為勝。

請不要在暗夜哭泣，沒有人會同情一個弱者。請繼續努力精進，一再壯大自己，在各個方面。有朝一日站上了成功的巔峰，就會聽到來自四面八方如潮水一般的讚美，波波相連。

人生的路從來不可能沒有哀傷眼淚，有時霧來，有時雨來，總有說不出的苦楚。偶見花香瀰漫，坦途在望，都只是上天給予的獎賞，因為努力，因為堅持。

先哲的智慧語言，都是我們路上的光。每天勞累工作後，得甜美的休憩，令人心生滿足。通過種種試煉，經驗就是珍貴的報償，哪能再求更多？

因為匱乏，所以努力。由於不足，所以認真。我們一步一腳印，走著自己的路，小小的歡喜和滿足，讓我們的人生顯得分外迷人。我們多麼幸運，逐步走向繽紛的明天，而且確知明天會更美好。

日子是越過越沉重了，至少，我希望，我的心是輕盈的。

有時候，讓自己有短暫空白，也是善待自己的方式。為什麼一定要苦苦追求人生的意義和價值呢？為什麼老是像陀螺一般的旋轉不休，一刻也不停留？當我疲累時，能不能允許我休息一下下？

我相信，世上沒有不勞而獲的快樂。快樂，需要認真去發掘、仔細領會和慷慨分享。快樂，在付出裡、知足中，也在彼此的共享和真誠的祝福。

甦醒

當第一道晨曦初現，喚醒了整個沉睡的大地。

就這樣，大地一點一點的甦醒了，微風拂過他的臉龐，每一朵花都以笑靨相迎，每一棵樹都神采奕奕。公園裡有運動的人們，或打太極拳或跳舞或健走……健康無價，讓你走出亮麗的人生遠景。

上學、上班的人潮開始出現了，轎車駛過、公車駛過，捷運車站也吐納更多的人群。生機盎然，朝氣蓬勃，這真是一個充滿了活力的城市。

我們在其中，也活得淋漓盡致。

陽光，正殷勤的招呼著天地間的每一個訪客。

從微笑開始

微笑，是善意的表達。

年少的時候，我是個害羞的人。總是想，如果我對著別人微笑，對方卻漠然走過，我豈不是很難堪嗎？

因為害羞，也因為怕被拒絕，於是我常面無表情；卻不知，就這樣，我也成為別人眼中的冷漠。

其實，這有違我的初衷。

心中明白了。於是，我開始微笑，對街坊鄰居，對商家店員，逐漸的，我也比較能對陌生人微笑了。

微笑傳遞了彼此的友善，也讓人覺得溫暖。

每天在出門之前，我先給自己一個鼓勵的微笑，那麼，我就能帶著微笑，歡喜的過一整天。

一朵微笑

最是豔紅這一朵。

在薄薄的陽光之下，我看見一朵紅玫瑰展露笑顏。

笑得天清氣朗，笑得溫暖自生，宇宙間，這是最甜美的一朵微笑。

我曾看過很多美麗的微笑，多半都在兒童的臉上。因為天真無邪，故而燦爛如花。由於毫不掩飾，所以純潔動人，也讓我印象深刻。

當我佇足，過往的歲月也如同這一朵微笑，永恆而且美麗。長在我的記憶之中。

微笑，是一朵花

微笑，是一朵花，綻放希望、善意和祝福。

請保持微笑，在我們的每一個時刻裡。

當你沮喪時，請微笑，讓微笑帶來鼓舞，繼續前行。

當你歡喜時，更要微笑，因為那是快樂的分享。

當你擔心時，記得微笑。微笑讓你覺得雲淡風輕，區區之事何必放在心上，豈不是跟自己過不去嗎？

當你煩惱時，多微笑吧，一笑解憂煩。世事有如浮雲，哪能久留，終究是要飄走的。……

微笑，是一朵綻放的花，讓人相信明天將更為繽紛美麗。

像花朵一樣綻放

當你開心時，請記得微笑，就像花朵一樣綻放。

綻放的花朵是美的，彷彿跟世界一起分享所有的美麗和幸福。

當我疲憊已極時，我是連微笑也沒有力氣的，那時，縱使我是花朵，只怕是快要凋謝了。

有一次，我看到朋友的照片，全都木著一張臉，毫無表情。我想，那是因為她的身體很不好，連保持笑容也覺得費力。

所以，如果可以，請常常微笑，讓所有見到你的人，都能感受到你的善意。這個世界是美好的，讓我們共享。

請記得微笑吧，就像花朵一樣綻放。

微笑，傳遞著美好

如果微笑是祝福，那麼，請不要吝惜分享你的微笑。

微笑，多麼像是花朵的綻放。花朵，繽紛了世界；微笑，美麗了人間。

你常微笑嗎？還是眉頭深鎖，或是漠然以對？

微笑是友善的表示，也傳達了無聲的祝福。

每天清晨醒來，我微笑，相信這會是一天美好的開始。無關陰晴，我總有好心情。

不論走路、搭車、工作，我保持微笑的面容。不論我遭遇什麼，或打擊或不順遂，我但願仍能微笑；如果不能，也要努力維護內心的平靜。

微笑，也是我對天地的感恩。

我能平安的長大，接受良好的教育，進而回饋社會國家，這一路行來，得之於人者多，出之於己者少。曾領受了那麼多的善意、帶領和扶持，我的感激無可言說，那麼，就微笑吧，微笑裡，包含了我的感恩。

祝福的微笑，感恩的微笑，微笑，總是傳遞著無數的美好。

枝頭上的微笑

愛攝影的朋友送了我一張照片。

春日時分，那些枝頭上的櫻花，全都綻放了微笑，迎向藍天，顯得十分美麗，卻又耐人尋味。

只有局部的拍攝，背景則一片墨黑，更彰顯了枝幹的蒼勁和花兒的嬌笑。

看到了櫻花，想起的是那些生命裡的春天，天真、愛笑、好瘋啊……

然而，春天總會離開，一如青春終要逝去。

我終究留住了枝頭上的微笑，留住了春日裡最美的花顏，在照片裡，也在心的深處。

走在春天的原野

春天的原野，如詩。

走在春天的原野，彷彿我只是大地上的一株青青禾苗，清晨的朝露猶在，我仰著臉，感覺有陽光的輕撫，我在風中自在的跳舞。

春日的一株青禾，多麼引人遐思。你看，它正迎風舉袂，當秋來時，想必垂著纍纍金黃的稻穗，慶豐收啊！穀倉滿滿是，農家笑呵呵。

縱然，我只是匍匐於地表的一根小草，也不減我對這有情世界的嚮往和熱情。我努力的向外延長，冀望有一天能連綿到天涯的盡頭，那是我為你所鋪的綠毯，歡迎你前來相會。

「記得綠羅裙，處處憐芳草」，只是一株草，也冀望會是最美的芳草。

不論我的角色有多麼的卑微，我總是告訴自己，仍然要盡其在我，發揮所長，從不自我放棄，更不妄自菲薄。

我是快樂的。

在我的眼裡，春天多麼清新美麗。

一籃子春

我喜歡春天的無邊生意。

你看那青草鋪成的綠毯綿延到天涯，多麼的壯闊而美，展現了盎然的生趣。那屬於春的氣息，四處冒出的綠葉，都顯示著希望。

春，一個洋溢著希望的季節，多麼好！

走在春天，我也受到了很大的鼓舞，何必懷憂喪志呢？春天告訴我們，處處有朝氣，時時有希望。

溪水已經輕快的譁笑，奔向了遠方。天空的雲朵映照在溪裡，緩緩行遠，也像詩一般的雋永優雅。

我挽著籃子去採花，春花的笑容燦美，各有迷人之處。不一會兒，籃子裡滿是花。真的是花嗎？我想，籃子裡盛載著固然都是綻放的花顏，然而，它們的名字是春。

我就這樣，挽著一籃子花，笑著，走著，把日子都給走成了不凋的春，在記憶裡熠熠生輝，永不磨滅。

為了尋春

我早起，為了尋春。

依舊是春寒料峭的季節，有時風來有時雨，寒意更添了幾分；可是，畢竟是春天了，櫻花已經站上了枝頭。

大詞人李後主在〈子夜歌〉中寫著：「尋春須是先春早，看花莫待花枝老。」的確，真正愛花的人，要更早先去尋春，如果真想賞花，等到花枝已老，花朵殘敗凋零，還能看到什麼呢？除非只是想去葬花。

春色的美麗迷人是在繁花盛開之際。櫻花嬌豔，李花白，桃花紅，木棉花豔似火，而鬱金香盛載著天地的祕密……

春光如此明媚動人，你珍惜了嗎？善用了嗎？

我把春天留在心裡，時時提醒自己：切莫辜負人間好時節。

花如海

眾花聚集如海，一片浩浩蕩蕩，宛如千頃波，全然看不到邊際，多麼的壯觀！果真「數大為美」，由不得你不信服。

就在這樣一片花海裡，但願能駕著一葉小舟去優游。向東、向西、向南、向北，朝著每一個我所喜歡的方向四處去遨遊。

繽紛的花兒是寫在大地上的詩。眼前綠色的地毯，延向了天之涯地之角，朵朵的花兒張開想像的羽翼，忙著一起參與創作。

那詩裡，有我不醒的夢。

自在飛花

飛花都是自在的？我希望是。

當一朵花在枝頭上綻放，它的美麗引人駐足觀賞，有多少徘徊流連，有多少稱揚迭至。其實，那朵花還是依附著，仰仗枝幹給予它養分，讓它得以生存、成長和綻放。然而，既有仰仗，便也意味著仍有部分的不自由。

有一天它飛離枝幹，只是天地之間的一朵飛花，即將殞落，反而得到了更大的自由，天寬地闊都為它所擁有。

可惜已經到了生命的最後。為什麼真正的領會都來得這麼遲？竟彷彿措手不及。就在此刻，凝聚一切的心得和情感，成了生命中最珍貴的頓悟。

淡淡花香

不知為什麼我不喜歡野薑花的香氣，或許是因為它太濃重了。

我比較喜歡淡一點的花香，隨著風幽幽傳來，進入我的心扉，似有若無，比較不具侵略性的，最得我心。

玉蘭花可以，由於母親喜歡，也讓我多少帶有移情的作用。夜來香也不差，或許隔著距離，彷彿是在暗夜裡跳舞的精靈。茉莉花香的微帶甜味，老是讓人想起鄰家少女天真的笑靨。

可惜，我對野薑花不是那麼喜歡，七里香，我也不愛。

我喜歡淡淡的花香，或許因為我自己也是一個淡淡的人吧。把所有的深情都隱藏起來，不讓別人發現，只有自己知道。

花

有一段不算短的時間，我不愛鮮花，因為鮮花易凋，凋零的花兒殘敗，如美人的遲暮，讓人心中升起許多感傷。

剛教書時，跟室友們一起學做緞帶花，緞帶花沒有生命，不陷入輪迴，讓所有的美麗永恆，這是我喜歡的。

更久以後，我終究明白，活潑的生命才是可貴，那麼花開花謝不也尋常？曾經的綻放，讓花的一生因此不虛，那不就夠了嗎？所有的生命都不可能永恆，何以獨獨苛求鮮花呢？

那麼，就請記住鮮花綻放時最美的那一刻容顏吧，其餘的，並不需要那麼在意。

看花開花謝，其間有多少心情的轉折？人的一生也像花的開與落吧？只要努力過，也就值得了。不是這樣嗎？

但願是

花季裡，那花兒舒展的姿態，雖然相似，細究來，卻各有風情。你，是不是也發現了呢？

在遊人的眼裡，花兒總是悠然自在的，引來了無數欣羨的眼光，恨不得也化身為花兒一朵。

藍天之上，有白雲相伴，且變幻出各種魔術來，足令花朵屏息仰望。

然而，花朵的生命畢竟太短了，我但願是一棵樹。

一棵這樣的樹，春去秋來，任憑歲月流逝，多少相思訴未了，彷彿懷抱著無數的心事，是要交給路過的風，代為傳遞心意？還是要託給悠緩行過的雲，代為傳達心曲？

我但願那樹依然亭亭如蓋，翠意不曾減。

一方美麗

終於，我們發現了那一方美麗的小花園。

花很多，卻都不是名花異卉。不過是一些小草花，大半都是波斯菊，間夾著少許的日日春、蒲公英等等。我懷疑這些花的種子恐怕都是隨著風四處飄來，只因有一點土和水，加上陽光，於是它們就朝氣蓬勃的長了起來。有生氣，富活力，花朵因而繽紛。

你一定想不到，這一方美麗，就在瀑布下的旁邊，水噴濺得到，這少少的水，竟是植物活命的泉源。

畢竟地處偏遠，遊人的步履很少光臨，也少受許多的攀摘和打擾。隨著時光流轉，花自開自落，也自成美麗的風景。

我們無意間看到，頗為驚喜。靜靜的觀賞，然後，默默的走開。

就把那一方美麗，留在心田吧。

這棵樹

這棵樹，光禿著身子不著一葉。

它生病了嗎？還是憂傷太過了？……到底，它有什麼樣的苦楚無法訴說呢？竟成了如此光景，多麼讓人擔心。

藍天悠悠，白雲走過，仍不免投以關注的眼神。

鳥兒飛離，卻不曾停留，是想讓它留有獨處的空間，靜靜的思索？

這棵樹依然是淒涼的，見不到有人出現，誰來殷勤問寂寞？

我凝望久久，覺得它好像哲學家。

雨天的傘

落雨的時候，傘是開在雨天的花朵。

灰濛濛的天氣是不美的，也讓人的情緒跟著低落。我每每站在二樓的窗口，看著路過撐傘的人們。在我小的時候，社會普遍貧窮，雨天的傘幾乎全都是黑色，襯托著整個天色更加令人沮喪。曾幾何時，如今的傘可全然不同了，真是繽紛多彩，很多傘都是晴雨兩用，花色就更多而繁複了。

只要有點悠閒的心情，雨天裡看傘，竟也別有趣味。

會不會當我撐著傘走在雨裡，也會有一雙我所不認識的眼睛，饒有興味的望著我呢？難道他以為，我也是雨中的一景？

雨後初晴

雨後初晴，大地煥然一新。

樹上的葉子，彷彿經過雨水的洗滌，灰塵盡去，顯出青碧的顏彩，在陽光下宛如翡翠的色澤，多麼迷人。草更綠，花更豔，萬物更有好精神。

天藍如海，白雲悠緩的走過，也帶著我的心一起去遨遊。看山看海，看人情種種如書之豐美與不同，相信我也會是歡喜的。

天地間，有溫柔緩緩流溢，醇厚有若一盅自釀的水果酒。

清閒的人有福。因為世界原本就是這般的清晰美麗，讓人駐足觀賞，唯有閒者才是主人。

我走過來走過去，無限歡喜。此刻的心情，果真宜詩也宜歌。

月下

我在月下走向歸途。

那夜的飯局結束得比較晚，下了公車後，我轉進住家附近的小巷，人和車都很少，和白日的喧囂、熱鬧相較，顯得有幾分靜寂。

月的清輝遍灑大地，有著微微的清涼。風裡飄散著玉蘭花幽幽的香氣，這是一條芬芳的巷子，我還聽到鄰居家的風鈴清亮的聲音，彷彿可以傳得很遠很遠。那聲音竟然帶著些許禪意，直入內心，有一種很特別的感覺。

月下的景物有些朦朧，雖然也有月光和燈光，卻都不像在陽光底下的清晰明朗，但也另有一種美，帶著幾分詩情。

月兒彎彎，不是圓盤似的滿月。唉，人世中多的是離合悲歡，圓滿是冀望，卻不易實現，那成了內心的渴望和夢想。有夢的人生，也是美的吧？

彎彎的弦月，是不是也勾起了你的思念呢？想起了一個人，一件事，一段時光？你的心突然溫柔了起來，彷彿回到了從前。你是更快樂，還是更惆悵呢？

在月下走了一小段路，家已在望，心中充滿了諸多情懷，竟也說不清、理還亂。

屋子的眼睛

窗，是屋子的眼睛。你打開窗了嗎？

窗，只有打開，才發揮了它的功效。我們才知道昨夜的雨停了嗎？陽光出來了嗎？是不是有微風輕輕拂送呢？天氣的好與不好，有時候，也或多或少影響了我們的心情以及當日工作行程的安排。

我喜歡陽光，我希望陽光可以透過窗而進入我的屋子，讓居處的空間可以變得明亮開朗，連心情也跟著變得更美。快樂進來，憂愁遠離，多麼好。

我喜歡有窗的屋子，令我怡然自得。

打開窗，我接受了外頭的各種訊息，知道陰晴風雨，明白冷暖濕度。若我外出，自然有因應之道，總是妥當安心。

關上窗，我便把外面的寒意和喧鬧暫時阻擋了，我享有一屋子的溫馨和寧靜。我可以沉思冥想，做什麼，甚至什麼都不做。

窗開窗關，我是自己的主人，好開心。

牆

那是一堵灰白色的牆。

或許，起初是白色的吧。春去春又來，幾經風霜雨露，悄悄染上了歲月的痕跡？寂靜裡，我看著樹影婆娑，經不得風的一再慫恿，就在牆上恣意揮灑著美麗的圖騰。

此刻，夕陽斜照，它輕巧的挪移，以極緩的步履，像帶著無數的愛戀；以一種繾綣的深情，那分明是依依不捨。

我出言相勸：「明晨，不也一樣會有朝陽升起？」

它默然無語。

我彷彿聽到有一聲嘆息滑落，幽幽。

水蜜桃

總是被呵護的，可愛的妳。

我越來越容易看到妳的身影，在梨山、拉拉山等產地，甚至各地的賣場和水果攤上。

在遙遠的記憶裡，妳是嬌貴的，很多年以前，初識妳的容顏，那時市場上還很少有，我只好手裡捧著，搭車又轉車，帶回好跟家人分享。現在，還可以上網購買，完好的包裝，經得起長路迢迢的運送，都能毫髮無傷。

妳紅撲撲的臉頰，含著淺碧和粉嫩，像帶著我走入一個柔美的，夢的天堂。

隔著簾兒相望，豔麗的妳，映著嬌羞的紅顏。

那是久遠以前，妳給我的最初印象，至今難忘。

書信

你愛寫信嗎？

我喜歡。尤其，在那久遠沒有電腦和手機的年代，寫信成了傳遞訊息的必須。有多少殷殷情意都寫在字裡行間，寫完封好，再付郵等待，在那悠緩緩的歲月裡，連等待也是美的。

在更古老遙遠的年代，雙鯉魚有尺素書。上言加餐飯，下言長相憶。……那樣得來不易的一封書，翻來覆去再三看，旁敲側擊只為情。

尤其是在戰亂時，無由問死生。「烽火連三月，家書抵萬金。」杜甫詩句萬古傳，其中有多少思念的淚水。

我從來愛寫信，卻不知隨著科技的進入生活，電腦和手機帶來了許多改變，有一天手寫信會變得珍貴而難求，竟然成為收藏品。

不知到那時，我還能不能找到一起來寫信的人？

如此青碧

水是這般的青碧，就像漾著一汪藍寶石。

那一次，我們走神祕谷步道，沿著砂卡礑溪北行，欣賞峽谷景觀及水石之美，尤其是大理岩的褶皺變化，彷彿石刻壁畫的壯美。仰望可看峽谷之峻，俯視可見水與石的依戀，更可聽聞水和石的淙淙對話，再加以風聲、鳥叫、蟬鳴，宛如大自然的交響樂章。聽說每年三、四月的夜間還有提著小燈籠的螢火蟲出現，螢火明滅，更添了詩意。

那水，果然清晰的照見了所有美麗的容顏。一旁的樹們努力伸長了枝椏，也想探看屬於自己的。

青碧的水，也滌盡了我們的心靈，帶走了憂傷。

那一汪青碧，如鏡。在我心裡，至今不曾忘。

誰在說話？

在朦朧間，我彷彿聽到了一個低微的聲音，說：「我活著，為了綻放，為了繽紛……」底下的言語，輕到有如囈語，簡直聽不清楚。

到底是誰在說話呢？

我悠悠醒轉，看到窗前的花兒在風中搖曳著姿容。巧笑倩兮，那麼，剛才是她在說話嗎？

我愣愣的看著。心想，原來，世間所有的芬芳也可以這樣流淌成溪，緩緩前行，伴著天光雲影，散播了無數的美好，也繽紛了整個世界。

到底說話的，是花？還是我的心？

如果

如果過去的種種錯誤，是我無知的選擇。年少輕狂，誰不曾有錯？我好想知道：那歲月的擦筆，能否替我抹去所有的傷心淚痕？

有人冀望未來，我只想活在當下。

如果不努力澆灌腳下的土地，以汗水和淚水。怎能一心冀望好運的來到？我從來不相信上天會有掉下來的豐收。世間哪有不勞而獲的？縱有美景，也一如海市蜃樓，終歸是夢幻泡影吧？

我只願站在此刻，務實的經營著屬於自己的人生。盡拋凡塵的一切虛幻，用心的工作、誠懇的待人，我相信，我終將蒙受上天最美的祝福。

當我老去

當所有喧鬧的市聲止息，大地一片靜默，你想到了什麼呢？

我看著窗外，暗夜的街燈猶兀自亮著，為夜歸的人引路。星子在天上閃爍，那也是一種沉默的陪伴吧？

想到那青青的草原，曾經印有我們當年尋夢的足跡，幽幽山水，也曾經聆賞我們飄揚的音符。青春，果真無敵！可是，韶華也易逝，彷彿就在一轉眼間，我們竟然老了容顏。

有一天，當夕陽斜照，我已老去，但願輕輕翻開往日的詩頁，重讀過往青春的心情，也重溫那夢一般的回憶。

閒雲

天上有閒雲一朵，看山，看水，也看地上忙碌的人們。

怎麼會匆忙成這樣呢？熙熙攘攘，席不暇暖。為的又是哪一樁？勘不破的名韁利鎖，終究將自己緊緊綑綁，掙脫不易。

我願是那閒雲一朵，日日夜夜走過你的窗前，仍不免好奇的對著你張望。

你好嗎？你在做些什麼呢？

你可知道，我對你的深深思念？

有一天，當你放下了對榮華富貴的追逐，你將看到了所有大自然的美麗，你，也將看到了更為深邃的生命意義。

雲和山

雲和山，到底是戀人，還是友伴？

我常看到，雲老是和山玩著捉迷藏的遊戲。一會兒東來一會兒西，飄忽不定愛躲藏。漂流的雲，總是浪漫而多情。她以各種方式來戲耍。有時深情款款，有時絕裾而去，有時默然無語，有時一步一回首……到底雲想說什麼呢？

雲的心事，山可曾真正明白？

山的穩重、厚實、可信賴，卻又不多言語，這般沉默的愛，雲又可曾確實知曉？

一朵忘憂的雲

我只想做一朵忘憂的雲。

是因為自己不能飛嗎？於是只能站立在大地之上，仰望著白雲緩緩的行過天際。

如果我是一朵雲，或許就可以四處張望，沒有障蔽了吧。

我們老是冀望那些自己所沒有的，卻遺忘了自己所擁有的幸福。會是這樣嗎？

或許，雲也有它的苦處，只是不為我們所熟知吧。

雲，要能忘憂，才能輕盈，才能遨遊四方，不被局限。不能忘憂的雲，心有千千結，勢必顯得沉重。雲若流淚，也就化成了雨，降落於禾田而為甘霖。

雲有千種丰姿，美麗了我們的天空。雲或許也有百種心事，只是有誰知曉呢？因為它不說話，於是無人探悉嗎？

成為一朵忘憂的雲，是我此刻的期待。

如果得以成真，當我倦遊歸來，我會告訴你關於遠方的種種驚奇，或者，只給你一朵神祕的微笑，卻什麼都不肯說？

環繞

雪山矗立，湖水依舊深情的環繞。湖水悠悠，一片清澄。

凝眸處，但見水草豐美，如圖畫一般的美麗。若說人間有仙境，或許也不過如此吧？

我願有朝一日在此牧羊，也能結廬於雪山山麓。

就只為了，四季好放歌，歌聲直上青雲霄。

因緣

人世間的因緣難解，衍生的紛爭亦多。緣有深淺之分，善惡之別。雖說，「緣至則聚，緣盡則散」，然而，誰又能如此灑脫看待呢？

有多少人相聚時，怒目相視，沒有什麼好言語；一旦分手，則糾纏不休，悔之莫及。不知相知相惜，徒留傷痛。不肯放手，其實，也形同桎梏了自己。

請珍重人生難得的緣分吧，能默默的守候，不離不棄，是福。縱使別離，能彼此誠意的祝福，也是福。

如何看待因緣的聚散，成為我們此生的功課。

坐在窗前

我靜靜的坐在窗前，看一朵白雲優游的走過天空。

是的，我的心就應該寬廣似天空，任雲朵自由的來去，沒有罣礙。那麼，無論悲喜，我還有什麼不能放下的呢？如果真的不能放下，是不是也意味著我的執著太深了？

坐在窗前，靜靜的看著不遠處的大樹，真是枝繁葉茂啊。長得這般高大茂美，想必經歷了無數寒暑。樹見行人幾番老，樹是我眼前的風景，然而，在他跟前，我會不會也是「移動的風景」呢？唉，人間的離合悲歡，生老病死，會不會更像是一場電影呢？

坐在窗前，寵辱皆忘，這是我一天中靜心的時刻。

靜心的時刻

喝杯茶，這是一個讓人靜心的時刻。

窗外一片綠意盎然，春天來了，氣溫日漸上升，不再讓人冷得發抖。我還記得教書時，我的同事中有韓國僑生，每到寒流來襲，就哇哇大叫：「冷死了，冷死了。」我們心生不解：「韓國還下雪啊，那不是更冷嗎？」他說：「韓國是氣溫漸漸下降，哪像臺灣的寒流？一夜變臉，冷死了。」我喜歡冷天，讓我思慮清晰，不再汗水淋漓，輕鬆了許多。

不過，還是春天好，氣候怡人，處處綠意，全都展現了希望。

就在這靜心的時刻，我讀書。

讀《小窗幽記》中的幾則。好文字無須多，卻常引人深思。

詩情畫意常是我們心中的嚮往，即使未必可得。

書中提到：山月江煙，鐵笛數聲，變成清賞；天風海濤，扁舟一葉，大是奇觀。

山中明月，江上煙霧，幾聲鐵笛的清越之音傳來，便構成了幽雅的景致；風狂浪高，一葉小舟在海濤中顛簸起伏，是十分奇特的景觀。

原來，一切都在我們的心。

只要我們能感受到美，美也就無所不在了。

你呢？

你的心若能敏銳的感覺到詩與畫的迷人，那麼何處不是詩情畫意呢？……

我抬起頭來，窗外的陽光柔和，雲朵正對著我招手呢。

穿過

人生就像旅程，我們不斷穿過風雨旅程。

我想起屬於自己昨日的青春，曾經綻放如美麗的花，然而，歲月終將老去。有誰能避免走向衰老和死亡呢？

不斷穿越過種種坎坷試煉，總是一種必須。苦難，令我們成長，也學會了堅持和寬容。

當我極目四望，就在天地的盡頭，深邃而廣袤的背後，有多少血汗交織，又有多少含淚的微笑！

曾經不忍卒讀的，卻成就了人生的詩篇。

世路的艱難

世路的艱難，對每個人而言，無非是一種考驗。

人生路上所遭逢的考驗，都是學習。目的是要讓我們懂得更多，學得更好，以承擔未來的重責大任。

考驗，來自一次又一次的挫敗和打擊。因著挫敗打擊所引發的克服困難，也讓我們作更深入的思考和學習，愈挫愈勇，終於讓整個局勢翻轉而得到成功的契機。難道不是這樣嗎？要不，你以為學習從何而來？總是在痛定思痛以後，改弦更張，於是找到了更好的出路。

想想看，唯有一再的淬鍊打造之後，寶劍才會更加的鋒利，萬人莫敵。經過一再的切磋琢磨之後，玉石才能煥發出耀眼的光芒，成為極品。

那麼，人才的出現，難道不是在富貴不淫、貧賤不移、威武不屈之後嗎？凡軀唯有脫胎換骨，堅忍不拔，才成就了非凡的志業。

眼前苦痛，要能吃得。汙衊毀謗，要能忍得。世俗富貴，要能捨得。……如果不夠堅毅，憑什麼立下事功，名垂青史？

世路的艱難，也提供了人們一展長才的機緣。

在暗夜哭泣

如果你在暗夜哭泣，那麼，請先擦乾眼淚，因為哭泣不能解決問題，只是凸顯了一己的軟弱而已。

反而應該靜下心來，思前想後，仔細加以檢討，尋思解套之方。萬般計謀，都不如即知即行，正確的行動將扭轉一切的頹勢。

人間行路，停頓就是落伍，放棄無異於自承失敗。我們在受苦裡歷練，培養了足夠的能耐，那麼就請勇敢前行，尋覓良機，反敗為勝。

請不要在暗夜哭泣，沒有人會同情一個弱者，請繼續努力精進，一再壯大自己，在各個方面。有朝一日站上了成功的巔峰，就會聽到來自四面八方如潮水一般的讚美，波波相連。

此時，平常心對待，就可以了。哀矜勿喜，別忘初衷，也別忘了辛苦的來時路。

有誰應許我

有誰應許我花長開、月長圓、人長好？

有誰應許我天色長藍、春天長駐、歡樂長留？

沒有人會這樣的應許我，從來沒有。

如果日日晴無雨，灌溉的水從何處來？作物又該怎麼辦？如果人生安好，從無憂慮，這般平淡的歲月有誰會喜歡？沒有高潮迭起，沒有憂患挫敗，不過只是一灘死水，有誰在意？

是的，人生的路從來不可能沒有哀傷眼淚，有時霧來，有時雨來，總有說不出的苦楚。偶見花香瀰漫，坦途在望，那只是上天給予的獎賞，因為努力，因為堅持。

先哲的智慧語言，都是我們路上的光。每天勞累工作後，得甜美的休憩，令人心生滿足。通過種種試煉，經驗就是珍貴的報償，哪能再求更多？

有信，有望，有愛，這樣的人生已然圓滿，是一個富足的人了。

卻顧所來徑

當我回顧往日，檢視這一路行來的足跡，我雖然走得不夠好，大致上仍是平安順遂的，我知道有很多人不是這樣，我的心中充滿了感謝。

我的資質不高，不夠聰慧，於是上天給了我足夠的毅力。人一己十，我以加倍的努力來彌補自身的不足，上天垂憐，我總是可以低空掠過。

也不是沒有挫敗，也曾經面對不公不義的事，總有好朋友願意給予安慰，也得到善意的指點，讓我度過難關。我明白，不是人人都有這樣的幸運，我的內心時時感恩。

讀到李白的千古名句：「卻顧所來徑，蒼蒼橫翠微。」

回望來時走過的山間小路，只見蒼蒼茫茫一片青翠。

好美的詩句，好深的意境。

遺忘很難

遺忘很難，這恐怕是我們不快樂的原因之一。

也許，是我們過於急切了。我們希望快快的忘掉，竟然發現事與願違。快一點忘掉，偏偏忘不掉。我們跟自己說：「如果能像擦筆一樣，將考卷上的錯誤擦去，不留痕跡，那就太好了。」

其實，時間會給我們很大的幫忙。

春去秋來，很多年過去了，我們終究會漸漸的淡忘，不論我們遭遇的是歡喜還是傷痛。

我們甚至記不清楚了。

遺忘很難嗎？也許並不像我們當年想的那樣。

有所盼望

因為欠缺和不足，才讓我們有所盼望，有所期待，甚至推動了我們努力前行也冀望美夢成真。

是這樣的過程，讓未來充滿了想像，也讓我們的人生變得更有意義。

根據報導，有些富貴人家的下一代，由於衣食無虞，不須奮鬥的人生，讓他們覺得充滿了乏味和單調，沒有熱情，沒有動力，生命彷彿只是一場多餘。有的甚至因而厭世自殺，毫不留戀。

我們不是也曾經羨慕他們的「要什麼，有什麼」嗎？

然而，他們其中的某些人卻活不下去了。

追根究柢，是他們失去了奮鬥的目標。如果只是得過且過的人生，又有什麼價值呢？

相形之下，我們反而是幸福的。

仔細想來，年少時的貧窮和困苦，也可能是來自上天的祝福，讓我們多有學習，培植多方的能耐，以準備將來承擔更多的重責大任

因為匱乏，所以努力。由於不足，所以認真。

我們一步一腳印，走著自己的路，小小的歡喜和滿足，讓我們的人生顯得分外迷人。我們多麼幸運，逐步走向繽紛的明天，而且確知明天會更美好。

我心輕盈

日子是越過越沉重了，至少，我希望，我的心是輕盈的。

讀一本書，聽幾首歌，讓自己睡飽飽，然後，無所事事的望著窗外，看白雲優雅的從天際飄過，能不能讓我的心也跟著去遨遊呢？

有時候，讓自己有短暫空白，也是善待自己的方式。為什麼一定要苦苦追求人生的意義和價值呢？為什麼老是像陀螺一般的旋轉不休，一刻也不停留？當我疲累時，能不能允許我休息一下下？

休息，是為了走更長遠的路，不是嗎？

於是，我喝杯咖啡，看著對面人家院子裡的大樹發呆了一整個下午……果然，我覺得自己好多了。

就像此刻，我心輕盈，可以飛翔，可以遠遊。

一心一意

我是一個專注的人，一次只做一件事。

我想，一定是我太笨了。我哪裡有本事左右開弓同時做很多事呢？只做一件事，還擔心做得不夠好，如何能像千手觀音面面俱到？

所以，我常要提早做，用心做，還常要停下來仔細檢查，務求每一個環節都能不出差錯。

如此謹小慎微，也的確我都能把事情做得好。只是，我從來沒有時間說八卦、聊是非。若要言不及義，我也實在沒空。如果真有人要找我說閒話，我也只能微笑以對，卻三緘其口，日久，他們也對我沒有興趣，說不定在他們的眼裡我有多麼的不合時宜。

人生是長期的累積。我的工作成績不差，相信是拜一心一意所賜的成效。

有一次，坐我對面的同事說我，「妳簡直是個修行人。」也未免太抬舉我了。

我只是專注的面對工作。認真負責，不正是最起碼的態度嗎？

我只是專心的傾聽朋友的言談，偶爾誠懇的提供一得之愚罷了。待人，不就應該如此真心真意嗎？

我從來不認為，自己的做法有什麼特別之處。我坦然的面對生活，也都覺得自在。我很喜歡這樣的自己。

快樂的追求

如果，你的日子過得不快樂，又怎麼可能幸福呢？

作家嶺月曾經說：「即使是快樂，也需要努力去追求。」這句話影響了我的一生。真的，我相信，世上沒有不勞而獲的快樂。快樂，需要認真去發掘、仔細領會和慷慨分享。快樂，在付出裡、知足中，也在彼此的共享和真誠的祝福。

快樂，不適合一人獨自品嘗。一個人如果只在意一己的成敗得失，卻不顧天下蒼生的苦痛和哀傷，獨善其身又能讓快樂持續多久呢？

我從不認為自私的人快樂。在我周遭那些精於算計的人也多半苦著一張臉怨聲載道，反而是那些寬闊能容的人有福。

一個人的心有多大，能施展的天地就有多大，快樂也就數不盡了。

願你快樂，更願天下人都快樂。

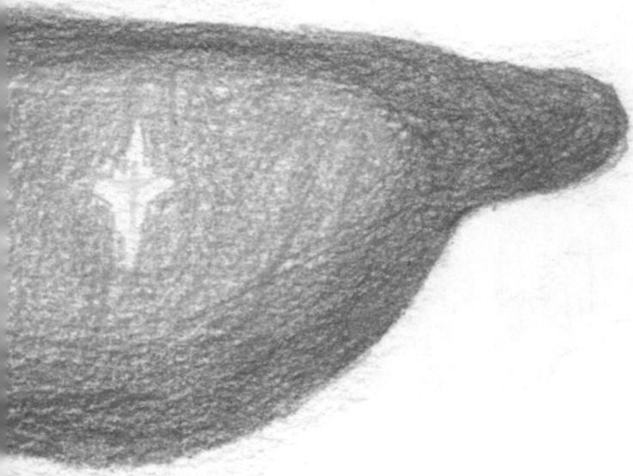

part 3

傾聽那花語

我但願，終我一生，
也能成為一朵白色的荷，
亭亭淨植，在一個少有人跡的荷塘裡。
自開，自落，自歡喜。

part 3

傾聽那花語

花語錄

桃花開，一如少女嬌羞的笑顏，多麼引人遐思。今日花開燦爛，想他日結實纍纍，都是甜蜜。

原來，時光也是魔術師，從花朵到果實，看來似乎順理成章，其中的風調雨順，才是關鍵。看來，仍是需要上天的成全。

有一天，世間的繁華終究散去。所有的歡聚之後，就是離別的到來。這也是一種功課吧？有誰真能逃躲得過？

在靜默中，我沉思，接納和學習。

世間一切的美到了極致，不就是衰敗的開始嗎？
今朝枝頭仍見繽紛，明日委地誰人知？生命這般短暫，如好夢的易醒，繁華轉眼逝去。

我明白：人世間沒有圓滿，一切都是學習的過程。圓滿，只是冀望，有誰能達成呢？至於缺憾，則是無所不在，只是為了等待，愛的填補。

如果，盡其在我，是一個人必須實踐的責任。那麼，綻放，就是一朵花的使命了。

在世人的眼裡，花朵的綻放是美，一如生命的推展到極致，好一場酣暢淋漓。
然而，在盛開之後，竟是衰敗的起始，逐漸走向了命定的零落。能不為之黯然神傷嗎？
可是，在造物者的心中，凋零也是一種美。
春華後，秋實的孕育，昭告了即將來到的豐收。

人世間，從來沒有永遠。
有生就有滅，有相逢就有別離，有聚就有散，有枝頭微笑就有土裡沉埋。

但願啊，風中，紛紛飄墜的花瓣樹葉，讓這一地的繽紛掩蓋了我的極度勞累的身軀，夢裡，是否終將昇華為記憶夜空中的燦美星辰？

讓我在花樹下告別這個令我眷戀不捨的塵世，何其美麗，而我心中再也無憾。

荷塘是詩，田田的荷葉是畫。

深秋來臨時，所有的繁華已逝。只留下殘枝敗梗，這時，仍有少少的幾張荷葉，猶在細心的收集著雨聲，也收藏著往日的夢。

我但願，終我一生，也能成為一朵白色的荷，亭亭淨植，在一個少有人跡的荷塘裡。

自開，自落，自歡喜。

等待也是一門藝術。像等待種子的發芽，蘊含一個生命的奧祕。也像等待花朵的綻放，隱藏一場美麗的驚喜。

只要肯努力，當時光緩緩流逝，等待，讓美夢得以成真。

花草樹木，天空雲影，都有各自的美，很難取代。「凡過我眼，皆為我有。」萬物都可作如是觀；那麼，懂得欣賞的人有福了。

此刻，就讓詩意流淌，在每一個人的心中、眼裡。美，也就無所不在了。

如果人生也如同一座花林，我們也都是其中的一棵花樹，展葉開花，隨後凋零，也一樣上演著生老病死。四季的運轉，只怕誰都無可逃躲，那麼，就平靜的接受所有的試煉吧。

那一朵玫瑰

玫瑰人人愛，她的芬芳與美麗讓人難忘。玫瑰的花色繁多，品類各異。在你的心中，可有那最愛的一朵？

年少時，我曾經走訪中部的「玫瑰花城」，只因女主人熱愛玫瑰，於是打造了這樣的一座無比繽紛的花城。在當年，是非常引起四方矚目的，媒體爭相報導，蔚為風潮。

而後，臺灣錢淹腳目了，美麗的花城隨處可見。

我依舊喜歡玫瑰。或許，應該說，美麗的事物誰會不愛呢？

有一年，我到士林官邸觀賞「玫瑰花展」。

我曾驚見那朵玫瑰的美麗，花瓣層層，包裹的，彷彿是一個夢。

回家以後的日子，我還不時想起那一朵玫瑰。到底那玫瑰有著怎樣的一顆心？是以詩詞為心嗎？足以讓我魂牽夢縈，讀她千遍不厭倦。

我還記得，曾經為之心醉神馳，只為那樣的風華，彷彿是天地之間所有鍾愛的凝聚……

是「曾經滄海難為水」嗎？往後我看其他的玫瑰，也只是隨意看看了，無可比擬，心也就淡了。

今天上網，想重尋年少時記憶裡的「玫瑰花城」，終究無功而返。那喜歡玫瑰花的女主人還在嗎？

歲月悠悠，誰又能告訴我呢？

玫瑰女子

我曾經有一朵玫瑰，美麗到無法形容，讓我以為是在夢中所見。

尤其，花至半開，如美人初醒慵懶，睜著迷濛的眼。

後來，我認識了一個漂亮的女子。因著出眾的美貌而無往不利。如果這是一個充滿了奇幻的世界，我覺得，她才是傳奇中的女主角。有多少功成名就的男人追逐著她的裙裾，為她的一顰一笑而痴迷不已。

她不再謙卑，不再精進。外界的甜言蜜語阻止了她前行的努力，她以為，只要有足夠的美麗，就可以征服整個宇宙。

她為了外在的美麗而失去了靈魂，卻不知虛榮只帶來假象。終於不敵歲月的侵蝕，她失去美貌，也失去了世俗的一切。她的夢徹底幻滅了。

鏡花水月，終究是空。

她成了一朵殘敗的玫瑰，被丟棄在角落，再也無人聞問。

桃花開

春天來時，桃花開了。

我的朋友還特地跑到「桃花塢」去賞桃花，好大的興頭啊。

桃花的紅豔色澤，喜歡的人很多，當它開滿枝枒，也的確充滿了喜氣。趨之若鶩的人更多了。

桃花開，一如少女嬌羞的笑顏，多麼引人遐思。今日花開燦爛，想他日結實纍纍，都是甜蜜。

原來，時光也是魔術師，從花朵到果實，看來似乎順理成章，其中的風調雨順，才是關鍵。看來，仍是需要上天的成全。

人定勝天？不過是一句鼓勵的話，不會是事實。我懷著敬畏的心，從來不敢這麼想。

鬱金香

我喜歡鬱金香。

那年，母親辭世，哀傷的我，以白色的鬱金香供奉在母親的靈前。優雅、堅毅和素樸，竟彷彿是母親一生的寫照。

我想，母親也會喜歡吧。

你看，那高擎的美麗花朵。如杯。

我好想問：是想存放什麼呢？是陽光的微笑？還是風的低語？或者是雲的夢？

我更想問：到底想收藏什麼呢？是雨滴的音樂？還是流泉的歌聲？或者是彩霞的祕密？

鬱金香一逕的靜默無語，從來不曾回答。

突然間，我明白了。

這麼多年來，它存放的是我青春歲月的純真無邪，收藏的是對母親綿長的思念，還有那從未在人前訴說的心事。

蘭

那是空谷中的一株幽蘭。
平日裡人跡罕至，偶有雜遝的人群匆匆來過，也像一陣風似的遠去了。
那株幽蘭無視所有的驚歎和掌聲，花開時，盡力展現生命怒放的芳華，不為別人，只為天地和自己。
她是耐得住寂寞的。看著雲朵的來去，浪跡天涯，這曾經是她的夢。只是她擺在心裡，從來不說。
那株幽蘭長在僻遠的荒谷，默默的花開花落，不吶喊，不作聲，不同於流俗。
孤高而美，令我深深凝視。
彷彿眾弦俱寂，她，是唯一的高音。
也只有共鳴的心靈聽得到，縱使需要穿過重重的阻礙。

純白

我喜歡純白，讓我的心思安靜。

眼前出現的，就是一朵純白的花，不曾帶有一絲的雜質。

比雲朵還要潔淨，比棉絮還要輕軟，比夢幻還要迷人……我拿詩詞來形容她，卻覺得文字的局限，讓人沮喪。

相形之下，所有的胭脂花粉都嫌俗氣和汙穢。

是那般的冷然純淨，彷彿凝聚了天地間所有的潔白。

可以天真無邪，可以無垢無塵，

可以啊，讓我的心整個沉澱下來，更顯得寧靜安恬的美好。

她的美麗

神采飛揚是美，沉靜靦腆也是美。

我在籬落間見到一朵素樸的小花，也覺得她是美的。雖然只是羞羞怯怯的模樣，有如鄰家小女兒。她的美麗，如此清新，依然動人。

我想，那是來自上天的寵愛，雨露均霑。

如果汙泥可以出青蓮，如果酸澀可以成甜李，我願意相信：小小的花，也能活得生意盎然。

不妄自菲薄，懷著自信，她綻放出天地間，最燦爛的微笑。

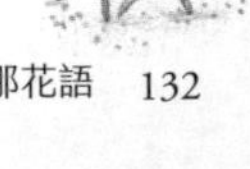

妳的容顏

如此豔麗的，是妳的容顏。
怎麼可能美成這樣！
難道是向春天借得花粉？是向晚霞借來胭脂？還是啊，妳心中的熱情無可掩抑，
終於像烈火一般焚然，燒紅了整個臉龐？
這時，風過處，花瓣的紛飛有如彩蝶，翩翩。
妳綻放的絕佳美麗，曾經贏來了多少驚喜讚歎。而我啊，只想流淚。因為屬於妳的
衰敗已逐步開始，誰也沒有能力加以阻擋。
不也像是我們的人生嗎？有一天，世間的繁華終究散去。所有的歡聚之後，就是
離別的到來。這也是一種功課吧？有誰真能逃躲得過？
在靜默中，我沉思，接納和學習。

草色青青

春風拂過，早就催醒了大地。

你瞧，那一片青青草地早已芳草鮮美，從眼前連綿直到天涯，多麼像是一條綠色的柔毯。

此時，陽光也跟著溫暖了起來，原本穿在身上厚重的冬衣已經換下，薄薄的春衫顏彩繽紛。

近處的群羊正埋頭啃食，專注的忘了周遭。

你瞧，小小羊兒，緩緩踱步，就在綠草地上，寫著一首又一首屬於春天的詩。

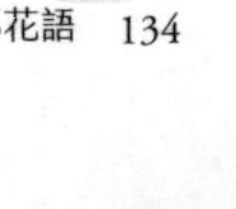

借得豔紅

到底是從何處借得這樣豔麗的紅，迷人眼目？

這般的豔麗，已是絕美，讓任何的語言和文字都無能為力，不知該如何加以形容才好。

難道是剪自天邊的彤雲？是取自春花的笑靨？還是來自夢裡的甜蜜？……

然而，美的極致，只是一場幻滅，哪裡能夠久留？只怕會崩毀，也一如繁華的散盡。

留下的，又會是什麼呢？燈火闌珊，唯有淒涼？

胭脂淚，離人心碎？

繁花

繁花似錦，一如青春的燦爛，那是無可掩抑的美。

離離散紅，花開滿枝椏。千朵萬朵的綻放，如無數晶亮的眼眸，閃閃亮亮，在天地之間。

花開滿樹，都是美的焦點；然而，總是要凋零的。有一天，花落也如雨，紛飛四處。世間一切的美到了極致，不就是衰敗的開始嗎？

今朝枝頭仍見繽紛，明日委地誰人知？生命這般短暫，如好夢的易醒，繁華轉眼逝去。

那麼，當落花委地，請不必過於哀傷。

且看明年春天，枝頭將再展芳菲。

最後的深情

人世間總有一些不捨，讓人無法瀟灑走開。

你看，雨滴就懸在那棵樹的枝頭，顫顫巍巍，就是執意不肯落下，即使有風吹過，也堅決不願落下。

仔細想想：它為何要如此的百般不捨？是為了花兒美麗？還是為了幽幽芳香？

然而，又怎能違抗最終跌落塵土的宿命？

我彷彿聽見那雨滴這麼說：

我總是在「聽天命」以前，堅持要先「盡人事」。我絕不隨意豎起白旗，宣告投降。我寧可戰至一兵一卒，才承認一己的失敗，無力可回天。

平日的我是溫和的，我的剛烈在骨子裡，從來不服輸。這樣的個性，也讓我活得比較辛苦。

我以為，那晶瑩的水珠，不是上天的淚，卻是為我而流，更是為了滌盡凡俗而來。

鏡頭前，有我最後的，最深情的一瞥。

飄零

既有花開，也會有花落。

在花的開與落之間，美麗總是短暫，宛如一瞬。然而，大自然的循環不息，四季輪轉，日夜更替，對我們，都是一種教導。

此刻，花瓣零落一地，鮮紅粉紫，都是淚。

記起春來時，處處紛紅駭綠，也曾經獨占枝頭，邀蜂引蝶。風裡，猶兀自低眉淺笑。展開的笑顏裡，遊人如織，爭相捕捉巧笑倩兮。

然而，所有的繁華都有散去的一刻，世間有什麼會是永恆的呢？花顏不常好，韶華不久留，流雲易散，月不長圓。

如今，春已去，怎堪他晚來風急，花自飄零水自流，畢竟是不同情懷了。

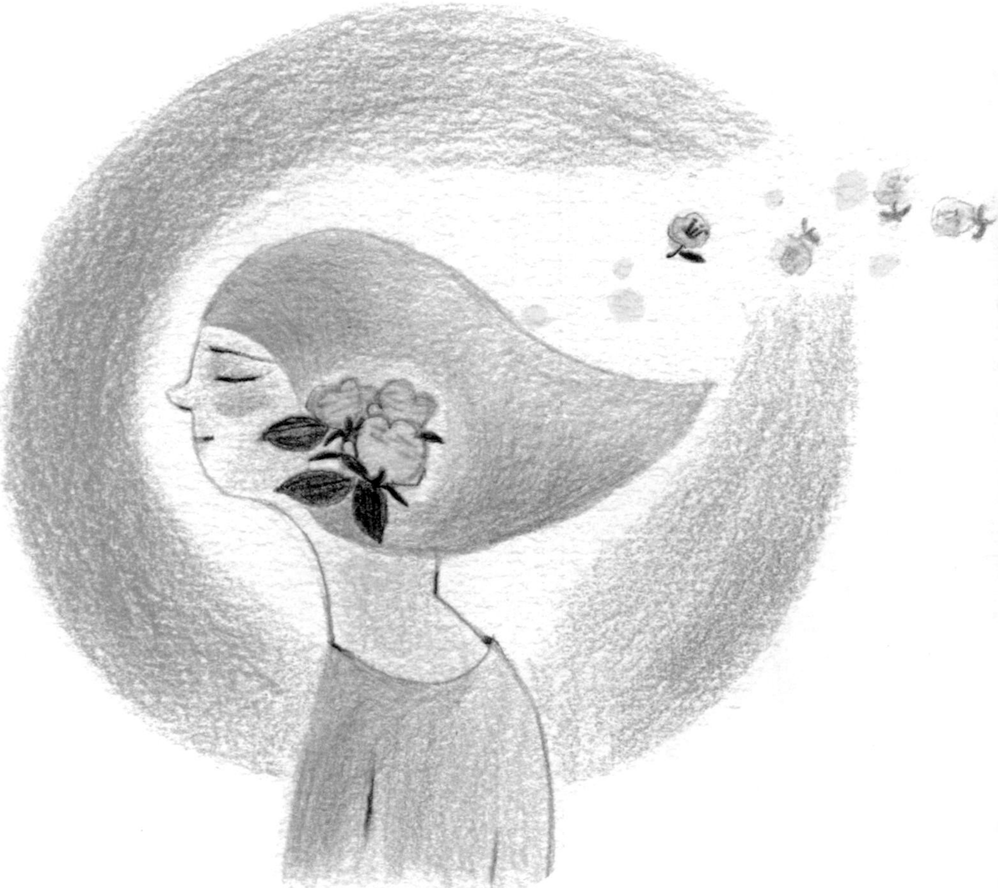

美麗的哀愁

美麗中，常隱藏著哀愁，你看得出來嗎？

也許，你看到的，只是令人心動的絕美。或許，因為太美，也可能讓你忽略了其他。其實，祕密都在細節裡。

美，從來都是動人的，更是扣人心弦的。美，如果到了極致，常引得淚，不能克制的，落下，一如紛紛的雨點。

有時候，我們觀賞晚霞，讚歎它的絢麗如錦。然而，在一旁枯樹的枝椏，相形之下，更增添了淒涼。如果，繽紛和淒涼可以並存，那麼，美麗和哀愁何以不能共生？

我曾經在旅行中，偶遇一絕美女子，實在太美了，讓人目不暇給，奇怪的是，為什麼會有滄桑之感？後來，她告訴了我她的哀傷往事，歷經感情的重創，竟至讓人為之掬一把傷心淚。

我明白：人世間沒有圓滿，一切都是學習的過程。圓滿，只是冀望，有誰能達成呢？至於缺憾，則是無所不在，只是為了等待，愛的填補。

原來，在所有的讓人怦然心動的美麗裡，都有哀愁緊緊相隨。

把春天藏在心裡

你可曾看過這麼溫柔的陽光？

陽光溫柔，似水的流淌，從我的心田涓涓流過，帶走了屬於世俗的塵埃，讓我重回起始的清明。

此刻，寬闊的天空藍得像一汪海洋，望不見邊際。白雲朵朵，在努力的寫著詩。

連站在路旁的樹也看呆了。

他們彼此探問：春天來了嗎？卻不知春來春去，早已不見了蹤影。

然而，春天的心情美麗，這是上天給我們最好的禮物。

我把春天藏在心裡。

我用春天的眼來看世界，這個世界繽紛又美麗。我們在每一刻不快樂的時光裡，都能得到鼓舞，從來不灰心喪志。

永遠懷抱著希望，因為春天不會離去，她藏在心中。

一枝穠豔

如果，盡其在我，是一個人必須實踐的責任。那麼，綻放，就是一朵花的使命了。不是嗎？

在世人的眼裡，花朵的綻放是美，一如生命的推展到極致，好一場酣暢淋漓。然而，在盛開之後，竟是衰敗的起始，逐漸走向了命定的零落。能不為之黯然神傷嗎？

可是，在造物者的心中，凋零也是一種美。

春華後，秋實的孕育，昭告了即將來到的豐收。

人呢？從受教育到奉獻所學，而後退休老去和長眠斯土。

我願意相信：只要心中有愛，且能善盡職責，縱使遠逝，也會蒙受上天更深的祝福。

花樹下的告別

這漫天的花雨，在每個人的眼中，都美如一場幻夢；卻是我前世今生，從來未曾啟齒的紅塵心事。

我曾想，如果有一天當我遠逝，那麼，該葬我於何處呢？是在山之巔水之濱，好繼續聆賞那泠泠不絕的清音？還是葬我於樹下，以償還今生因不斷出書印書所砍伐的許多樹木，就讓我的骸骨化為養料以為滋養吧？想來也不過只是聊表心意而已。要不，請葬我於花下，好一場浪漫。此生工作的時間太長，屏息絕遊，不曾放恣逸樂，花下長眠，或可慰我生前勞苦？

山水迢遙，不免寂寞，或許花樹下，更能符合我的期待。

但願啊，風中，紛紛飄墜的花瓣樹葉，讓這一地的繽紛掩蓋了我極度勞累的身軀，夢裡，是否終將昇華為記憶夜空中的燦美星辰？

讓我在花樹下告別這個令我眷戀不捨的塵世，何其美麗，而我心中再也無憾。

落紅

你，到底是以怎樣的心情來面對生命的凋零？

花開花謝，一切都只道是尋常嗎？

人生的旅程，說長，也的確很長，望不見路的盡頭；說短，也真的很短，不過如同黃粱一夢。

總是要誠實面對的。面對，從來都需要勇氣。逃躲，則不必。

唉，不要只看樹上的花朵，燦爛繽紛，隨風招展，它的姿容何其迷人。然而，繁華靡麗也恍然如夢寐，轉眼之間，一切竟都成空。

我曾經懷著驚詫的心情，久久無法置信。現在我明白了，一切都只源於當年我太天真。

你看，草地上，早有落下的花瓣點綴。朵朵殘紅，透露著無限的淒涼意。只可嘆，無人會，心中淚。

且先收拾了去，誰忍落紅化作泥？

葬花

花開的歡喜，也會有花落的惆悵，美麗的時間從來不會久長。你會認為，那只是尋常嗎？

想想：韶光如此，我們的青春也是。

世上，有什麼會是永恆的呢？

想到《紅樓夢》的書裡，昔日葬花的人兒，今何在？只見堆積滿地，不曾掃……人世間，從來沒有永遠。

有生就有滅，有相逢就有別離，有聚就有散，有枝頭微笑就有土裡沉埋。不都是這樣嗎？

有的人為了愛，寧可夢一生；有的人則屢仆屢起，奮勇向前；也有的人為了愛，受盡了淒清孤冷。

不同的選擇，注定了相異的結果。而你，又會做怎樣的決定呢？

只要無所怨悔，任何的決定都是好的。

在我，只覺得，這落紅啊，竟也如淚。

繁花之下走一回

那些花樹都長得高大而華美，繽紛處處，彷彿是對上天由衷的禮讚。

繁花之下，我們相偕走過一座小小的橋。

落花宛如天上來，隨風翩翩，又悄然飄下。

「真像是一場迷濛的花雨啊！」我們笑著說。

然後，我們就看著落花跟著流水去了遠方。

這些花，到底是帶著怎樣的心情離開的呢？

彷彿是一場極為短暫的相逢，旋即就是別離。相逢和別離幾近重疊，多麼令人感到哀傷。

你，是否聽到，花的嘆息，幽幽？

宛如形雲

當你高擎著美麗，如形雲一片。

萬紫千紅，不足以形容你的美麗。那樣的令人驚詫，屏息以待，終究駐足良久，滿心感動。

我好想，好想，淋那樣的一場花雨。

當落紅片片天上來。花自飄零，水自流。又何需感傷呢？不也年年都見此番情景的嗎？

我只要欣賞就好，那是屬於大自然的景色之一。在欣賞之餘，且送給自己一朵微笑吧。

安然坐忘，一如生命潮汐的起落。

此刻，就讓我在落花的繽紛裡，枕著花香，沉沉睡去吧。

夢裡，仍有滿樹的繁花，宛如形雲。

聽見笑聲

如今，油桐樹早已失去了往日的經濟效益，然而，卻成為五月中的一場淒清美麗。白色的花朵紛紛飄墜，令人驚歎。短短的一生，竟然纏繞著長長的思念，欲說還休。面對一地白茫茫，難道那是昨夜的微霜？是柔雲停下了腳步？還是五月天裡的第一場雪？

我聽見孩子們的笑聲，如花朵綻放，牽起了季節的裙裾，繽紛。會不會所有的愛戀與不捨，都將化為密碼，深藏在繁華的背後。一如說不出口的傾慕，緊緊守住，卻在微醺的雙眸中流瀉？……

這時，我又聽見了如銀鈴般的笑聲，響自遠方，卻又逐漸靠近。是的，是孩子們無憂的笑語，讓整個油桐樹林彷彿更加鮮活了起來。

期待

那天，當你走過我的身旁，我還只是一朵含苞的荷。

含苞也是美的吧？等待的綻放則是一個謎。帶著所有的企盼和不確定的遲疑，繼續等著。像等一個奇蹟嗎？

當我全然舒展開來，謎底終於揭曉，你的期待是成真了？還是落空了呢？

更重要的，或許是，我對自己的期許。

我會不會是最最美麗的那一朵？

能不能贏得你的深情凝眸？

我多麼想知道答案，卻為什麼總是開不了口？

是我太害羞了？太遲疑了？或者是太笨了？

就像自我催眠嗎？

在揭曉之前，還是有希望的，值得期待的。

荷塘

荷塘是詩，田田的荷葉是畫。

深秋來臨時，所有的繁華已逝。只留下殘枝敗梗，這時，仍有少少的幾張荷葉，猶在細心的收集著雨聲，也收藏著往日的夢。

那些年，我住在荷花的故鄉，酷熱的夏日裡，相看兩不厭的，也唯有荷花。迎風招展的荷葉，也像快樂的手，召喚著陽光、清風和美好。而荷花莊嚴，那是大地上最美的花，有著一張慈顏。

可嘆，荷花再美，也不過存留一季，終究要凋零。

不如歸去。

莫非，浮生也有若一場荷花夢？

無瑕

荷塘裡，但見夏荷朵朵。

最是純白的這一朵，全然的潔淨，不沾惹絲毫的塵埃。她的潔白無瑕，終究吸引了我所有的目光。

美麗的花，有著自我的風格，超塵脫俗，還嫌脂粉汙了顏色。所以，它只是一抹純然的白。

當她正要輕輕綻放，彷彿，全世界都在屏氣凝神，專心注視。不敢喧譁，不敢高聲。只一心的等待著，驚喜的乍然到來。

我但願，終我一生，也能成為一朵白色的荷，亭亭淨植，在一個少有人跡的荷塘裡。自開，自落，自歡喜。

等待

縱使春神飄然遠去，繁華已然事散，再不見枝頭的花朵繽紛，也不見蝶舞翩翩。此時，彷彿有一種寂寞在不斷的渲染、擴大。

然而，花落果成，不是嗎？你看，夏日的水果豐美，各式各樣，讓人大快朵頤，吃得酣暢淋漓，心中痛快。

樹猶青青，如一抹綠色的希望，直等待明年春臨。

等待也是一門藝術。像等待種子的發芽，蘊含一個生命的奧祕。也像等待花朵的綻放，隱藏一場美麗的驚喜。……

只要肯努力，當時光緩緩流逝，等待，讓美夢得以成真。

秋日

我喜歡秋日，喧鬧、酷熱的夏天終於離開，而寒凍的冬季尚未來到。秋，是一個明淨的季節。

有人說：秋日浪漫。我以為，浪漫的人無處不浪漫，又何只在秋？

我卻又覺得：秋日老是帶著淡淡的憂傷和欲言又止的不捨。說不定真正憂傷不捨的人是我。

秋日有著詩意的一面，當我走在芒花開滿的山坡，芒花伴我同看晚霞，這時楓葉正逐漸轉紅，豔紅的顏彩，朵朵都是思念。

天高雲低，想起童年時候，和友伴們在林子裡，籬笆旁，尋覓著紫藍色的漿果，酸酸甜甜的滋味，如今依然記得。

在我的心中，秋日也像一則童話，寫給孩子們看，也寫給心中藏著小孩的大人來讀。

秋

當黃菊盛放在簷前，可知秋已蒞臨。想，秋的氣息濃了，昨夜微霜露冷。

我從一個少不更事的小女生長大，在職場上橫衝直撞，努力追逐夢想。不過才一轉眼啊，黃昏已臨到眼前。此時，夕陽再美，歡喜裡仍有惆悵。

在這天涼如水的季節，總是宜於懷念，或遠方的親人或久已未見面的故人。淒冷的氛圍裡，撩人思緒。前塵往事，都在我的心頭環繞。

煙波江上，流水心情。

秋風過處

到底是誰偷得霞光來，渲染了整座的花林，彷彿擦脂抹粉，美麗更添了幾分。

你看，那樣的嫣紅，全是迷人。

曾經在盛夏時，但見那滿樹的繁花啊！招得蜂來蝶也來，處處是喧鬧。怎奈，今日秋風過處，但見一地落英繽紛。

胭脂淚，留人醉。

總是令人感傷，如讀一闋凄冷的宋詞。

難道是斯情斯景也撩起了我的思緒，捲起千堆雪，已不再只是多愁善感，攪起的波瀾，只怕難以平復。

楓樹下

秋天時，楓葉紅了。

我心中驚疑：果真好似一片彤雲天上來？如此美，也如此迷人眼目。

年少時，最喜歡楓紅的顏彩，覺得那是整個黯淡秋日最為豔麗的紅，令人精神一振，彷彿是莫大的鼓舞。也為心田注入了新的勇氣，可以奮發，可以迎向前去。

沒有傷春悲秋，孩童的心情常變動不居，總是睜著好奇的眸子四處張望，繽紛的大世界正等著我慢慢長大，好前往探索和理解。

只是，年少時的奔放，卻成了長大後的安靜。

我在安靜裡讀書，心情雖不起波瀾，也是歡喜的。

有時候，我也跟朋友們一起去奧萬大賞楓。

秋意深濃時，每當有風兒吹過，紛紛飄落的紅雨，也如詩。早就替小徑輕染上無數的畫意，直如夢境一般。有誰捨得掃去呢？

可惜，我沒有好筆可以賦詩，更沒有慧心，可以渲染成畫。只好，看了又看，但願停放在腦海裡的印象能更久遠一點，而不是稍縱即逝。

也罷，且留待高人隱士，或留給騷人墨客，輕輕吟唱。

夜之楓

你可曾有過夜晚時賞楓的經驗？的確是特別的。
那一天，我們白天玩得過於困乏，回來以後，人人昏睡不醒。等到睜開眼睛，只見眼前的夜漆黑如墨。
怎麼辦呢？
我們還是要出去，就在鄰近賞楓吧？
果然見到有幾株楓。
即使站在暗夜裡，當月光流洩而下，它依舊是豔紅似火，像焚燒的愛。這樣的愛，真是太熾烈了，有誰承受得起？更像是一場禁忌的愛，如飛蛾的撲火，不惜殞身而滅。
在夜晚時分，寤寐之間，到底，它要傳達怎樣的訊息？
繁華只是一場夢？鏡花水月總成空？……
而我兀自以為，美麗的楓，只合在夢裡相逢。

紅葉書籤

楓葉紅了，秋天到了。

原來，楓紅是秋神的使者。

年少時，我們常呼朋引伴，一起去撿拾紅葉，夾在書頁裡，作為書籤。後來我每每看到紅葉書籤，就會想到曾經彎腰撿拾時的無限歡樂。

當楓葉全都轉為一片豔紅，就像烈焰的熊熊燃燒，那火一般的紅，奪人心魂，目為之眩，神為之搖。

醉了的楓，有著蕭索秋日最美的顏彩。

我從來沒有忘記，我曾擁有過的紅葉書籤，其中隱藏了幾多少女心事。

如今想起來，逐漸靠向人生黃昏的我，青春和前塵往事俱往矣，留下的只是片段的殘影，卻在記憶裡閃閃生輝，從來不曾褪色。

微笑

你常微笑嗎？
微笑裡，有溫暖，也傳遞了無聲的祝福。
寒冬時，大地一片肅殺。
殘餘的紅葉，那像胭脂一般的紅豔，恐怕是冬日枝頭僅餘的顏彩了。
這時，風瑟瑟，陽光稀薄如羽翼。
只見紅葉在顫抖裡，仍然鼓起勇氣笑開了臉。她把歡喜全都留給眾人，獨把哀傷留給了自己。
路過的人看到那美麗的笑靨，為心頭，帶來無比的暖意。
你的微笑，綻放，也如花般的燦美。

秋天的舞臺

當楓葉被染紅，一樹的繽紛美麗，令人佇足讚歎。

重重疊疊的，全是那豔紅的顏彩。

像火一般的熱情，焚燃。為一片蕭索的秋日，抹上了如此豐美的色澤。天地，因此更為美麗。

恆見的風采，也在記憶裡停格，是那最溫柔的角落。

偶爾卻也暗藏著綠色的身影，是被季節所遺忘了嗎？

唉，說真的，就怕來不及，攀上這秋天的舞臺。

當千樹萬樹殷紅一抹，卻不知，為什麼你要遲到？

秋的美麗

你喜歡秋天嗎？會感知它的蕭索和寂寥嗎？

我年少的時候，曾經跟著外籍修女學英語會話，每次在進入課程之前，我們會有一小段聊天的時間，全程以英語來說。

有一次，和氣的修女問我：「喜歡哪一個季節呢？」

我不假思索的回說：「秋天。」

修女卻微笑的說：「臺灣沒有秋天。」

臺灣是個寶島，四季並不分明。有點秋意，卻不見蕭瑟之氣。

然而，依舊有秋的明淨，那樣的一種美麗，又哪裡能以文字來訴說明白？

彷彿是繁華落盡之後的真淳，另有迷人的況味。我以為，那就是專屬於秋的特有氛圍了。

你看！那天空，緩緩行過的流雲。天，那麼高；雲，那麼自在。

你看！在花間，盈盈欲滴的水珠。秋霜露冷，也讓菊花更顯得堅忍不拔。

秋日的美，可以感受，有時候，卻無法以言語文字盡傳。

故事

變了色的葉，在陽光下閃爍如薄金。

每一片葉子，從青嫩到衰敗，都有著不同的心情故事。

你知道嗎？能不能說給我來聽？

迷離間，我彷彿聽到：

即使我的身上，披掛了所有的繽紛，風來時，低低切切，全是絮語。鳥兒跳響枝上，都成了天然的音韻。

然而，我的心仍垂著沉重的幃。遠方的你，可曾聽到我的寂寞招喚？……

我醒來，竟不知方才的話語是在夢中聽聞？或者只是我的想像？

於是，我看著那如薄金的葉子仍在陽光下閃爍，我突然好想替它編出一則童話故事，其中也有我的往日心情。

秋思翩翩

飛翔的，是我思念的翅膀。

是誰說秋意蕭索？秋天，固然有葉落花殘，更多的卻是豐收的飽滿。

你看，枝頭上的秋實纍纍，豐碩沉重，幾乎壓彎了枝幹。田地裡的稻穗一片金黃，採收可期。還有簷前的菊花怒放，幾經改良和培育，菊花碩大而美，相信連陶淵明都不曾見過如此美麗奔放的菊。

當夏花紛紛落盡，天地間，只剩下秋光如此明淨。

我特別喜歡這樣的秋日，宜於沉思，彷彿自己也像一個智者，苦苦思索生命的究竟。

縱使秋光裡，在不斷掃落的繽紛中，偶爾也寫有淡淡的憂思。可是，更多的是秋高氣爽，伴著人間美景，竟也如同讀著王維的小詩。

當秋風迎面拂來，又把我心中的千般詩情，輕輕牽起。我思念的翅膀，隨著秋光自在翱翔。

油菜花田

在鄉下，我們經常可以見到油菜花田。

油菜花開了，風過處，千萬朵花匯成一片金黃色的海洋，多麼的壯觀和美麗啊。我們常忍不住讚歎起來。

很多年以後，我才知道，那美麗的油菜花田不是為了供遊客觀賞，也不是為了讓人盡情拍照，而是農家當作花肥用，冀望的是來年的好收成。

我們聆聽著，在風中油菜花的歡笑，笑聲都如歌。也看到了在歌聲中的花朵們的舞蹈。我們以為，那都是對上天的禮讚。

原來，數大從來就是美。

聖誕紅

臨近聖誕節時，聖誕紅的豔麗顏彩四處都看得見，顯得喜氣洋洋，讓人的心情都變得更好一些。

是嚴冬裡的一抹溫暖。那鮮麗的紅，不畏寒流來襲，不怕冷風入侵。讓佳節綴以歡笑，也讓蕭瑟的大地，增添了盎然的生氣。

我的朋友不辨花草，還常把好端端的植物給養得一命嗚呼，他直呼自己是「黑手指」。以有別於「綠手指」的活花無數，令人佩服。他說：「我雖然不認得花，但至少我認得聖誕紅啊。」他恐怕並不知道聖誕紅不是花，然而，他的自我解嘲，也讓我們覺得很有趣。

只是，世間所有的燦爛都會成為過去，所有的輝煌也會有遠逝的時刻，一旦光彩燃盡，也只能期待來年。

當來年春日的枝頭猶有點點的新綠，想像未來將會展現更多的喜悅。那全是新的希望。

庭園一角

看，這一樹的紛紅駭綠，還有處處的青蔥耀眼。

這是一處名人庭園，不可能開放讓人參觀。我們是在一個特殊的機緣裡，得以一窺堂奧。

平日派有專人照顧和打理，初一照面，但覺花繁樹茂，奇花異卉也多，真讓我們目不暇給，驚歎連連。

就在這庭園的一角，四季的美，輪番上演。美，一向帶來的是長久的悅樂。花草樹木，天空雲影，都有各自的美，很難取代。「凡過我眼，皆為我有。」萬物都可作如是觀；那麼，懂得欣賞的人有福了。

此刻，就讓詩意流淌，在每一個人的心中、眼裡。美，也就無所不在了。

那日，我們擷取盈盈的美歸來，有多麼的歡喜。

樹語

一棵樹，長在荒原之上。

有時陽光照耀，有時風來雨來，我得到照顧也受到考驗。年去年來，我不斷的成長茁壯，日復一日，終於長成了一棵大樹。

縱使沒有花朵繽紛，然而鬱鬱蔥蔥，每一片葉子青碧有如翡翠般的迷人，也可以是另一種華美，誰說不是呢？

不在豔麗的顏彩，而在那深邃，如哲思的耐人尋味。

看多了世間的離合悲歡，有多少悲欣交集啊。如今一如夕陽的向晚，我也將垂垂老去。

真的，曾經有過太多的閱覽，我想，我有個老靈魂。

也像一本書，你也可以讀我。能不能讀出雋永，讀出堅強，也讀出生命曾經有過的煥發？

孤木

我常在大自然裡，看到那孤單樹木的身影，令我心有所感。

是由於我的人生也逐漸走到了黃昏嗎？於是，我總在孤木的身上，也彷彿見到了屬於自己的影子？或者，是我將自己未來的悲涼，竟也投注到孤木上？

真的是這樣嗎？

看到那站在角落裡孤單的身影，寫滿落寞。我也好想問：為誰風露立中宵？為伊消得人憔悴？

想到他也曾經是朝雲般花林中的一株美麗。贏得多少欣羨多少讚歎。如今，這淒涼誰人能解？

如果人生也如同一座花林，我們也都是其中的一棵花樹，展葉開花，隨後凋零，也一樣上演著生老病死。四季的運轉，只怕誰都無可逃躲，那麼，就平靜的接受所有的試煉吧。

只是，為什麼我依稀聽到，有一聲嘆息，輕輕滑落？

每一片葉子

風中，每一片葉子都像是紛紛飛舞的蝶。

因勢利導，那麼，是葉子藉著風的吹動而跟著一一起舞的嗎？

葉子長在樹上，總是局限了它的活動。它很難遷徙、搬移、流浪、旅行……從一地到另一地，從此處到他方，簡直像是一個永遠也無法觸及的夢。或許，有一天，它的夢實現了，卻是從枝頭而委地，凋零而無人聞問。

在陽光的照耀之下，讓每一隻葉化的蝶都顯得撲朔迷離，卻也美不勝收。

你會想要收藏嗎？

我只願，讓它快樂做自己。

竹

你愛竹嗎？

我們是一個喜歡竹的民族。前人說竹，喜歡它的中空外直，借喻君子要心懷謙虛。對外更要正直以待，不浮誇，不取巧。竹有節，人也應講究氣節，貧賤不能移，威武不能屈……簡直把竹擬人化了。

那日，到朋友的林間小築去玩，夜住一宿，屋外有竹數竿。風過處，竹影綽約，就在窗前招展，且有竹韻天然。幾乎就讓人疑以為此身就在林木深處，頓忘今夕是何夕？

我愛竹的終年綠意不減。

當冬日來臨，寒風凜冽，此時眾花寥落草木已枯，而竹仍然生機盎然，不見絲毫頹唐之色。

竹是天地間卓然而立的君子。

草

你會覺得草太卑微，所以就該被忽視嗎？真的是這樣？

是的，我們是草，更是大地的郵差，一心想為你傳遞春的訊息，還有那無邊的希望。我們的努力，你收到了嗎？

我們也一樣身著綠衣，讓詩人憶起了愛人的裙，心中的思念無有止時。凝眸處，總多深情，難以言宣。

從來無懼狂風的吹襲，不怕暴雨的凌虐。我們是勇敢的，總是立定腳跟，堅守崗位，雖然平凡無奇，儘管因微小而被輕忽，但也絕不向惡勢力低頭妥協。

我們雄赳赳氣昂昂，像小小的尖兵，志氣也高，不把強權惡霸放在眼裡。不屈服，是我們的精神；勇敢，則是我們的另一個名字。

part 4

如夢花事了

繁華不過有如一夢。
人世間，哪有長長久久？
原來，短的是人生，長的是思念。

part 4

花語錄

如夢花事了

走過了春的燦爛、夏的蓊鬱、秋的蕭索，正一步一步的走向了人生的黃昏。心中別有情懷，卻又能與何人說？

曾經如此努力的奔赴理想，毫不停歇，我的確沒有遺憾，連惆悵都不應有。

綠意，就這樣紛紛垂掛下來。

多麼像是流蘇輕瀉的美麗，有時候，也像是相思的無盡蔓延。

在人生的舞臺上，到底你是綠葉？還是牡丹呢？

有時候是綠葉，有時候是牡丹，更多的時候，只是路過，毫不入眼的蜂與蝶。

我常跟自己說，如果我是綠葉，也願是那一枚最青碧的葉子，碧綠清亮，讓牡丹嬌美的花顏贏得一致的喝采，我才算是盡到了一己的責任。我甘於自己只是一枚綠葉，活著是為了襯托別人的好。

這是一首大自然的詩，渾然天成，卻也雋永有味。一首詩中千萬情，解說卻各有不同。你呢？你是怎麼看的？又是怎麼說的呢？

我願為你深情擺渡。從此岸到彼岸，從日出到日落，從懵懂無知到彬彬有禮。縱使，沿途有風光優美。只合觀賞，不宜停靠。你的未來，就在繽紛的明天，有可期待的勝景。

我手持釣竿，坐在人生的岸邊垂釣。眼前但見人世裡的波濤險惡，總是翻滾不息。莫非，我只是在如墨的夜空，一心垂釣皎潔的月亮？我只是在茫茫的人海，冀望垂釣知己的眼眸？

幾番尋思，我終於知道了，卑微的我，其實是想在歲月的汪洋中，巴望著能垂釣到一把小鑰匙，用以開啟屬於我心靈深處的那個寶盒。

因為在那裡，有我生命所有過往的悲歡。

但願能讀盡好書、好風光和好人情。可是，我知道，我讀得最多、最仔細的，其實是人生。

當我覽盡山高水冷的孤寂，當我走過崎嶇的人間小路，請別問我心得。哪裡會是三言兩語說得明白的？每個人接受的考驗不同，還有著個別差異，領會必然有別。這人生的滋味，真的是「如人飲水，冷暖自知」了。

每一程路都會是一首歌吧？有多少憂傷的微笑，還有多少歡喜的淚？這其中必然有委屈，更多的是思念。當所有的思念已被堆疊成崖壁，正留待季節的雨水，將它潑灑成畫，渲染成圖。

走在人生的黃昏時刻，我以自己有限的餘生，來細細的讀。

歲月的雕刻既尖且銳，絲毫不留情面，可怕的，更在天下無敵。我們唯有臣服，無法作聲。

彷彿一旦站上了幸福的巔峰，由於恐懼失去，老讓我們擔心，災難是否就要來敲門了？

勝景，畢竟不可恃。順逆、盈虛總是此消彼長，無有止時，一如禍福相倚。

繁華不過有如一夢。人世間，哪有長長久久？

原來，短的是人生，長的是思念。

鄉愁總是像火一般，快速點燃，無可遏止的燎原。有時候，心中的思念，也如同細雨的紛飛，綿延不絕，無有止時。

原來，思鄉，就像一張細密的網，緊緊網住了異鄉遊子寂寂的心。

如果害怕孤獨，將為孤獨所俘虜和桎梏，但覺舉目所見，一片淒清寒涼，根本無可逃離。

唯有視孤獨為友，願意與孤獨為伴，莫逆於心，才能進而得到昇華，享有孤獨的諸多美好。

田園靜好，雲自閒。能靜享天光雲影的佳妙，當是幾世修來的福氣。日日有閒暇，用來讀書寫字以及對美善的渴慕和追求，讓性靈自在的流動，沒有草盛豆苗稀，無須月夜荷鋤歸。只怕連淵明都會羨慕。

我們心中敬畏天地，也願和大自然和諧相處，當我們反璞歸真，便真正領會了簡單裡的豐富，一飲一啄間的幸福。
即使只是凝眸相視，也會帶來滿心的微笑，歡喜自生，相信樂趣俯拾皆是。

年少時，我們愛玩水，溪水潺潺，我們哪裡明白：年華有如逝水，再也不會回頭。
珍惜是必須，努力是必要。
我只但願，即使走在人生的夕陽裡，仍有滿天的彩霞一路深情相送。

如果生命就像一個杯子。我好想問：到底這生命之杯盛載了什麼？是酸甜苦辣？還是愛恨情仇？
生命之杯不會是一逕的甘蜜，也不會只有永遠的酸苦，它總有太多太混雜的滋味，掩蓋了原有的清甜。

想到年少時的憧憬，如夢。青壯時的渴慕，如山。此刻，在韶華已經遠去的今日，有多少悲歡嘗盡。我低下頭來，唯一冀求的，只是平安。

一己的生命多麼的有限，無常的來到眼前，竟然如此迅捷。總在一眨眼間，人生竟然走過了大半，盡頭隱約在望。哪能不瞿然心驚？

順逆更迭，沒有誰能享有永遠的平靜和安寧。總是這樣的，面對拂逆的艱難，如嚴酷的打擊，讓我們多有學習；也在諸事順遂裡，明白一己難得的幸運，知道心存感激。

命運也如風，將我們吹往不同的方向，帶來了相異的契機，也會是逐漸洞悉世事的開始。

人生中最美的珍藏，是那些不可能再回來的往日時光。無法重返，所以獨一無二。

小河

小河淌水，悠悠緩緩，多的是詩情畫意。

曾經我是愛唱歌的小河，日日夜夜快樂的行走，總是捨不得停歇。走過碧草如茵，青綠的草地，像隱藏著無數的祕密。春天來時，朝氣蓬勃，處處都昭告著希望的來到。

走過蓊鬱的林木，參天的樹，該已看盡了人世的離合悲歡。樹若有情，它的心也會是斑駁的吧？

走過河岸的人家，曾經哇哇的啼聲是小生命的誕生，然後有著歡聲笑語，也曾經看到有人開門四處張望，想要探看是誰？

也許，只看到天光雲影也為之徘徊。

卻不知，是我輕快的走過。

我總是唱著歌兒，快樂的行走，我的歌聲，如詩一般的悠揚。

小溪

讀書時，我常攜著詩卷坐到小溪旁，對著流水，揚聲朗讀。

小溪潺湲，它都聽懂了嗎？或者，只是覺得有趣。在它的心裡，我不過是個天真的小女生？

流水流走了韶華，一切都匆匆。再回想，不過是夢幻泡影。

我曾經又回到小溪邊，努力想要辨識它唱的是什麼歌？卻終究不可得。或許，青春時光距離我已經太遙遠了。然而，天上的雲彩都紛紛前來聆聽，想必唱的都是讚美詩。

小溪旁，依舊有楊柳依依，如今隨著歲月更迭，早已長得高大華美，但見枝葉拂水，畫意俱足。

它曾見過我年少的容顏，然而，別離的時光太長，如今相見，可還記得我嗎？

雨後

下雨，對大地來說，是一種洗刷吧？汙穢不見了，代之以潔淨。多麼好！

那麼，對心靈來說，那也會是一種洗滌和淨化吧？重新回到寬朗明晰，不見塵埃和憂煩。寧靜，是何等珍貴的禮物。

大雨過後，屬於人生的喟嘆和輕愁，都早已隨雨而遠去了。

這時，我見到的是雨後的一抹藍天和高掛的美麗彩虹，總會帶來歡愉的心情。這樣的好風景，對我們，是多大的犒賞啊。為什麼還要讓自己站在焦慮不安、灰心頹唐的負面思維裡呢？

人，因此不必長久陷入沮喪之中，天地之間的種種美好常安慰也鼓舞了我們，只要不自我放棄，誰又能看輕我們呢？

你瞧，就在雨後，籬旁的小花，笑開了無數的繽紛。

傘下

你有美麗的傘嗎？傘常兼具了賞心悅目和實用的價值。因為美，也有人是收藏傘的。如：美濃的油紙傘，多麼讓人發思古的幽情。如果擁有這樣的一把古色古香的油紙傘，傳奇故事的發生也就不足為奇了。你以為呢？

傘下，我們曾經輕聲交談，言笑宴宴。也曾相偕一起去喝茶，就在戶外的那支大傘下，為我們遮擋了豔陽的高照。我們在靜坐裡，共賞眼前出塵的風景。

當歲月靜靜的流淌而過，朝夕不曾歇止，如今，當年曾經攜手的人兒早已不見了蹤影，只留下一地的淒清。

不知心中那深深的思念，該寄往何方？

雲飛

雲飛起來了，我的心也跟著一起飛翔。

寬闊的天空一望無際，可以任意翱翔。沒有罣礙，沒有藩籬，一逕悠然的往天邊飛去。有時候，也會遇到風暴雨急、雷電交加，險惡的環境幾乎要讓自己打了退堂鼓。這時候，我總是跟自己說：「再堅持一下吧！」果然很快的風雨止息，又見到了朗朗晴空。

就這樣，越過了高山，又越過了大海，縱使沒有誰會知道，終點在何處？然而，無限寬廣的宇宙，已經教導了我太多。

我的心胸開闊，如海洋，如天空。這讓我受用一生。

原來，只要我不放棄，就不會有終點，永享學習和探索的快樂。

雲霞

在那青春的歲月裡，我曾經在山上讀書四年。
總是在黃昏時跟著友伴一起在小徑上散步，只為了貪戀黃昏的雲霞。
雲霞美麗，我常忍不住要想：
為什麼妳紅著臉，是因為害羞？是為了愛美，塗了胭脂？……雲霞的盡處，到底是雲霞，還是黑夜？
雲霞靜默，從來不曾給我答案。
而眼前，那滿布天空的霞光，只需一瞥，我的心弦便為之震顫不已。美，從來都是永恆的感動。
離開山上以後，對它總有很深的思念，尤其，當黃昏雲霞滿天時。
只是，此後的漫漫人生，我再也不曾見過那樣美麗的雲霞了。

彩雲飛

到底，是誰遺落的輕紗？彤雲散布天空。

人人都說晨曦好美，美在充滿希望。這話我不否認。然而，我還是要說，夕陽最是讓人難忘。

是那一步一回首的不捨，全是眷戀啊！連彩雲都跟著飛翔，變幻的顏彩，也像是繽紛的告別。無言的。

年少時，我哪裡理會這些。在我稚嫩的心靈裡，晨曦美，夕陽也美，哪裡還需要分別？

畢竟，有大段的歲月從我的眼前流走了，青春已遠，韶光易逝。如今的我，走過了春的燦爛、夏的蓊鬱、秋的蕭索，正一步一步的走向了人生的黃昏。心中別有情懷，卻又能與何人說？

曾經如此努力的奔赴理想，毫不停歇，我的確沒有遺憾，連惆悵都不應有。

那麼，且靜靜的欣賞這繽紛的黃昏美景吧。這是生命中最絢爛的一抹顏彩，轉眼黑暗就要掩襲而至了，能不心存珍惜嗎？

紫色的雲

我們曾經見過各種雲彩，在不同的地方。或高山或濱海，也或許只在尋常巷陌的一角。可是，你見過紫色的雲嗎？

紫色的雲，像是一朵神祕的微笑，甚至帶著幾分飄忽莫測，讓人想不分明，竟至無法理解。

在那溫柔的背後，是否會有我們所不知的邪惡在逐漸的醞釀？醞釀成更大的風暴？或者只是一個無傷的玩笑？有誰知道呢？

遠處的風景如渲染的畫，迷濛雅致，帶著文人畫的特質；而寬闊的水面呈現著一片寂寥。

紫色的雲費人疑猜，我猜了又猜，還不知猜對了沒有？我焦慮的心啊，卻只想要遠離……可是，為什麼我竟然無法邁開腳步？

是我已然被深深吸引而不自知嗎？

為了襯托

配角是為了襯托主角的搶眼和出色。一如「牡丹雖美，仍需綠葉扶持。」

那麼，在人生的舞臺上，到底你是綠葉？還是牡丹呢？

有時候是綠葉，有時候是牡丹，更多的時候，只是路過，毫不入眼的蜂與蝶。

我常跟自己說，如果我是綠葉，也願是那一枚最青碧的葉子，碧綠清亮，讓牡丹嬌美的花顏贏得一致的喝采，我才算是盡到了一己的責任。

我甘於自己只是一枚綠葉，活著是為了襯托別人的好。因為我知道，這樣的努力，其實也間接讓我生活的周遭逐漸變得更為美好。如此，微小的我，也善盡了個人的社會責任。

有一天，我走過校園，看到葉子的垂掛有如流蘇。

那日陽光潑灑，斑斕的顏彩，流淌在一片灰米色的牆上，多麼像是一幅印象派大師的傑作。

而這一切的美，都不過是人世間的背景，

只為了襯托，那多少離合悲歡的故事。

窗景

窗景也可以如畫。你看到了嗎？

窗子框住了最美的風景。

透過那整片的落地窗，我看到了窗外那脩長的竹，秀麗的花以及無數盎然的綠意，生生不息。

我一遍又一遍的望著，覺得這個世界真是美好，安寧而又清心，多麼值得感恩。無意間，我一回首，竟然發現，連陽光也都看呆了，捨不得挪移它的腳步。

讓我靜靜的凝視，願將這美景，深深鐫刻在心版。

或許，可以留待他年，細細的一再回味。

垂掛的詩情

綠意，就這樣紛紛垂掛下來。

多麼像是流蘇輕瀉的美麗，有時候，也像是相思的無盡的蔓延。

有時候，它也綴以串串的小紅花，如夢中情人的深情凝眸。縱使不著一語，也讓人怦然心動。

啊，那說不出的歡然，還鋪滿了，無限的詩情。

就像一個夢境，迷離恍惚，久久，仍然讓人不願意醒來

我真該清醒的，只是，難道，我的醒是我更深的夢？

水面的詩

所有的繽紛都聚到水面上來。這多麼像是一首詩，是大自然以彩筆寫成的。

不只有著季節的容顏，也有著告別歲月的惆悵……如此的變化多端，兼容並包，多麼引人入勝，只是仍不免悲欣交集，你都體會到了嗎？

還有啊，那珍惜青春的心情，過往時光的祕密，都藏在水面的詩裡，正等待著你前來一一讀取。

你看，走過的人們也忍不住停下了匆忙的腳步，細細凝望。

這是一首大自然的詩，渾然天成，卻也雋永有味。

一首詩中千萬情，解說卻各有不同。

你呢？你是怎麼看的？又是怎麼說的呢？

沉靜的港

陽光正美，小船安然停靠。

三五漁工就站在不遠處閒聊，但見比手畫腳，興高采烈。而這個港卻是沉靜的，少有喧譁。

洶湧的浪濤仍在遙遙的遠方。這裡，只留下一片寧靜，近乎被遺忘，有著幾分荒涼和寂寞。

小船帶著人來來去去。有人漂泊，有人黯淡，有人疲累。

此刻，風，輕緩的吹著。

這是一個沉靜的港，黃昏時，夕陽仍兀自美麗。

渡

年少時，我的師長為我殷勤擺渡。

對沿途的風光指陳歷歷。何處有暗礁，何處有急湍，何處又有陷阱？……不安全的地方要避開，時時小心為要。

我是這樣平安長大的，就在師長的愛裡。

如今，我願為你深情擺渡。

從此岸到彼岸，從日出到日落，從懵懂無知到彬彬有禮。

縱使，沿途有風光優美。只合觀賞，不宜停靠。

你的未來，就在繽紛的明天，有可期待的勝景。

釣

陪朋友坐在海岸邊垂釣。

都老半天了，還文風不動，如老僧的入定。令人費解：這釣魚有什麼樂子？還得忍受有時豔陽高照，有時淒風苦雨。

我好想問：到底你釣得了什麼呢？

是功名利祿？是子孝妻賢？是天光雲影？……

或者，在一竿煙雨裡，釣得一顆寧靜的心？

我在

我手持釣竿，坐在人生的岸邊垂釣。眼前但見人世裡的波濤險惡，總是翻滾不息。莫非，我只是在如墨的夜空，一心垂釣皎潔的月亮？我只是在茫茫的人海，冀望垂釣知己的眼眸？

幾番尋思，我終於知道了，卑微的我，其實是想在歲月的汪洋中，巴望著能垂釣到一把小鑰匙，用以開啟屬於我心靈深處的那個寶盒。

因為在那裡，有我生命所有過往的悲歡。

如今我已然走到人生的黃昏，我多麼害怕，我將遺忘一切，無論酸甜苦辣，都將不復記憶。

有那把小鑰匙，真能萬無一失了嗎？誰能告訴我？

問

你是個好奇的人嗎？你的心中常有疑雲重重嗎？那麼，會去問誰呢？你或是存疑，或者，只是問自己？

每當晚風輕拂過我的臉，我看到從枝頭墜落，紛紛飄零一地的，我問自己：到底那曾經是似錦的繁花、青碧如翡翠的葉子？還是原本纏綿，卻已是逐漸遠離的愛？

或者，只是啊，我年少時，曾經有過綺麗的夢？

人生的問題有時候太艱深難懂了，我不想問，只想遺忘。

若我不能遺忘，又該如何是好？

走在人生向晚的此刻，我只想把平靜留給自己，那麼，過往的人和事有些真的不必再記起。

對於那些曾經椎心刺骨的痛，我無言。

也許，某些全然的遺忘，才是真正善待了自己？

可是，我能有選擇嗎？

聽

你的聽力好嗎？總是聽得清晰嗎？

那麼，就在此刻，你聽到了什麼？

是風的流向？是遠方的思念？還是啊，來年屬於春的訊息？

我聽到了情人的足履，輕輕。彷彿從遠處緩緩行來，如一朵雲的悄悄靠近。帶著幾分促狹的笑意，是想要玩起捉迷藏來嗎？

唉，讓我們回到兒時玩遊戲時的專注。唯有專注，我們才能玩得盡興，也帶來滿心的快樂。

原來，即使我們長大了，心卻從來不曾老去。

走過

我日日穿街走巷，看盡了小市民的尋常生活，總是這般的平凡無奇。

我知道，自己也在其中，也一樣微不足道。

有一天，是春來的時候吧？我打花園走過，我驚訝的看到，綠意早已上了林梢；有的繽紛滿枝椏。四時有不同的花輪流綻放，歌詠了上天。美麗，也像是一個祝福，願日日平安、年年幸福。

我的心裡就懷抱著這樣的感動，繼續向前行，因此擁有了一整天的好心情。

也祝福你平安喜樂。

細讀

我喜歡讀什麼呢？

但願能讀盡好書、好風光和好人情。可是，我知道，我讀得最多、最仔細的，其實是人生。

當我覽盡山高水冷的孤寂，當我走過崎嶇的人間小路，請別問我心得。哪裡會是三言兩語說得明白的？每個人接受的考驗不同，還有著個別差異，領會必然有別。這人生的滋味，真的是「如人飲水，冷暖自知」了。

每一程路都會是一首歌吧？有多少憂傷的微笑，還有多少歡喜的淚？

這其中必然有委屈，更多的是思念。當所有的思念已被堆疊成崖壁，正留待季節的雨水，將它潑灑成畫，渲染成圖。

走在人生黃昏時刻，我以自己有限的餘生，來細細的讀。

雕刻

終於明白，歲月，才是最偉大的雕刻家。

平日裡，我們看到雕刻師傅在木頭上、石頭上雕刻出各種栩栩如生的作品，有人像極不同的器皿等等，令人驚歎也佩服不已。我們也看到春夏秋冬的流轉不息，風雕刻著景色的變化，山高水低，風光殊異……

當我們長大，在職場上競逐，分秒必爭。我們茁壯，而後也逐漸衰老。有一天，我們赫然發現，皺紋出現，兩鬢添白，關節不再靈活，背也彎了。昔日紅顏今白髮，內心有多少悵惘。

歲月的雕刻既尖且銳，絲毫不留情面，可怕的，更在天下無敵。我們唯有臣服，無法作聲。

夢

在酣睡裡，你作夢嗎？是彩色的還是黑白？是美夢還是噩夢？

每到清晨醒來，在怔忪中，我常想：到底是人生如夢？還是我的人生原本就是夢一場？

甦醒時，我苦苦思索：是我在夢中？還是夢中有我？誰又能告訴我確切的答案，以解我心中迷惑？

眼前這樣繽紛的景色，可以入詩入畫，入我夢鄉。

然而，分明是，昨夜枕上依稀，今朝又到眼前來。

疏林含煙，盡付思念裡。

如夢

從葉隙間窺伺的陽光，點點，閃耀如金。

這時湖上來了一葉小舟，划破了水面上所有的寧靜。舟上的年輕女孩唱起歌兒來，高亢的美聲，唱得百花遍地開，唱得魚沉雁也落。

四周的風景如畫。可不是，那小舟是美的焦點，小舟中傳出的歌聲更是引人遐思？

這清幽的一刻，如夢似幻，且存放在我的心中，不敢忘，留待他年回味。

繁華如夢

那樣的一樹繁花，開得如火如荼，美麗中，竟然帶著幾分淒涼。

是因為太美了嗎？美到不相信，怕遭天妒？

彷彿一旦站上了幸福的巔峰，由於恐懼失去，老讓我們擔心，災難是否就要來敲門了？

勝景，畢竟不可恃。順逆、盈虛總是此消彼長，無有止時，一如禍福相倚。真的，塞翁失馬焉知非福？

當我們行走紅塵，有多少悲歡交集！可是，歡樂易逝，哀傷也不會久留。就像天空中雲的來去，有時分離，有時又重聚。

繁華不過有如一夢。人世間，哪有長長久久？

原來，短的是人生，長的是思念。

廢墟

廢墟的前身，多的是繁華。

去了一間古老的宅第，早已今非昔比，令人感傷。

想當年，曾經是奼紫嫣紅開遍，有多少衣香鬢影，直把繁華訴盡。到如今，風流雲散，眾芳殘敗，唯有默然不語，再無人問起。

我的朋友曾經家世顯赫，然而，由於子孫經營不善，又染惡習，不出三十年，偌大的家業全數敗光，田產賤賣以抵債，家人只好租屋棲身，景況大不如前。可是，又能怪誰呢？富不過三代的俗諺，竟然成真。

昔年的盛景不再，寬宅大院早已荒廢，只留下，一片殘壁向斜陽。

物猶如此，情何以堪？

鄉愁

當我離鄉背井，原本歡欣鼓舞，以為擁有更多的自由了，可是，也是在那一天，我才真正長大了。

實情遠不如想像。我開始學著適應新環境，努力想要照顧自己，可是我老是做不好。我在暗夜裡垂淚，然而，家在遙遠的他方。

這時，我方知：鄉愁太重了，從來不能輕疊。

鄉愁總是像火一般，快速點燃，無可遏止的燎原。有時候，心中的思念，也如同細雨的紛飛，綿延不絕，無有止時。

原來，思鄉，就像一張細密的網，緊緊網住了異鄉遊子寂寂的心。

旅人

秋天是寂寞的季節。

走在秋日的旅人，往天涯的盡頭漂泊，那孤獨的身影，一定更能領會屬於秋的落寞況味。

秋深了，但見眾樹默默。

這時，屬於世間的繁華已然落盡，只留下瑟瑟的風寒，起自天末。

旅人，孤寂的，細數著自己的心事，形單影隻，沉默無言，繼續走在未完的路途上。

那樣的歲月會浪漫得有如詩篇嗎？我很懷疑。遠離了故鄉和親人，內心有多少思念又該如何寄達呢？

寂天寞地。那樣的心情他最明白。

我謹小慎微，從來拒絕流浪，我要守在家，就怕孤單一人。

想那遠方的旅人，心中縱有淒涼，到底要向誰說，又能向誰說呢？

唯有默默，如路旁的眾樹。

孤獨

你喜歡孤獨嗎？你享受孤獨嗎？

如果害怕孤獨，將為孤獨所俘虜和桎梏，但覺舉目所見，一片淒清寒涼，根本無可逃離。

唯有視孤獨為友，願意與孤獨為伴，莫逆於心，才能進而得到昇華，享有孤獨的諸多美好。

然而，並不是人人都能做到這樣。

一般人還是喜歡熱鬧繁華的，以為眾人相聚，足以相依取暖；卻不知各懷異心，又與陌生人有什麼不同呢？

勇者，從來都是孤獨的。你看，獅子一向都在山林裡、原野上獨來獨往的。

世間的英雄心中自有鴻圖偉業，也常視孤獨為無物，睥睨而且超越。

靜享

懂得靜享的人有福。

且息了心頭的名利，那不過是人生的枷鎖。

可是，身在世俗之中，隨波逐流，誰又能及早洞悉這些？總在多少離合悲歡之後，看淡世情，方才有所悔悟。待確實明白後，內心無有罣礙，才得著真正的自由。

田園靜好，雲自閒。能靜享天光雲影的佳妙，當是幾世修來的福氣。

日日有閒暇，用來讀書寫字以及對美善的渴慕和追求，讓性靈自在的流動，沒有草盛豆苗稀，無須月夜荷鋤歸。只怕連淵明都會羨慕。

你呢？也喜歡靜享嗎？

農村

如果說，農村清幽，佳景如畫。我明白，那是遊客的說法。遊客有如蜻蜓的點水，偶然停留，匆匆就要離去，縱使遊目四顧，多有讚歎歡呼，畢竟不夠深刻，難以入心。

細想來，昔日的村婦多不識字，日日在田畝中耕作。園圃青青，隨著風快樂的招手，那是寫在大地的感情。

農家的生活哪裡不苦？烈日正當午，汗水滴落，無有止時。還得看天吃飯，還得冀望天公賞飯吃。倘若颱風來暴雨來，或乾旱缺水，收成都可能落空。心中在淌血，欲哭已無淚。

最好的是，風調雨順，等待秋來，滿滿穀倉，粒粒飽足，農家笑呵呵。

但願年年，物阜民豐家家樂。

清靜山林

朋友夫婦築廬而居，就在這一片清靜的山林裡。

那日，我們相偕前往探訪，有如走在大自然的風景中。原來，他們晴時耕，雨時讀。離塵囂如此遠，紅塵是非不到。心靈因此受到洗滌，平靜而安恬。縱有傷痛，該也得到了撫慰和療癒。

山林裡有鳥鳴溪唱。你看，水流花放，飛泉瀑布聲淙淙，整座山林處處都是寶藏。然而，夜晚時，仍不免寂寞。

我們想：偶爾作客，聆賞清音，有多少詩情畫意，足慰平生。可是，日日如此，有誰耐得了這般的寂寥？

我們心中敬畏天地，也願和大自然和諧相處，當我們反璞歸真，便真正領會了簡單裡的豐富，一飲一啄間的幸福。

即使只是凝眸相視，也會帶來滿心的微笑，歡喜自生，相信樂趣俯拾皆是。

可惜，或者說慶幸，我們只是過客，不是歸人。

逝水年華

流光不斷的催人老去，只是我們常一無所覺。

直到有一天，我們弱了，病了，對很多事再也力不從心了，那一刻，我們驚懼自己的美好年華早已遠去。老，無可防備，不能抗拒。

我們告訴自己：原來，從青春到年邁，也不過短如一瞬。

那些曾經有過的努力耕耘，也已經給了豐美的收成。只要沒有虛度韶光，不曾留下太大的遺憾，或許這樣就可以了。

年少時，我們愛玩水，溪水潺潺，我們哪裡明白：年華有如逝水，再也不會回頭。珍惜是必須，努力是必要。

我只但願，即使走在人生的夕陽裡，仍有滿天的彩霞一路深情相送。

生命之杯

如果生命就像一個杯子，我好想問：到底這生命之杯盛載了什麼？是酸甜苦辣？還是愛恨情仇？

生命之杯不會是一逕的甘蜜，也不會只有永遠的酸苦，它總有太多太混雜的滋味，掩蓋了原有的清甜。

或許，也是「如人飲水，冷暖自知」吧。或許，讓人飲了，只覺得百感交集，再無一語。誰能預測呢？

想到年少時的憧憬，如夢。青壯時的渴慕，如山。此刻，在韶華已經遠去的今日，有多少悲歡嘗盡。我低下頭來，唯一冀求的，只是平安。

主題曲

到底有哪一首歌，是你感情的主題曲？奔放的、婉轉的、幽怨的……

每當聽到有人把那首情歌輕唱，這般的蕩氣迴腸，讓我的心也跟著低徊。仍然忍不住，在那歌中仔細尋覓屬於自己曾經有過的心情故事。

隨著歲月的遠去，療癒了多少創傷，這是上天給予我們的恩典。

年去年來，當年曾經歌唱的人已然老去，連聽歌的人也是。

就在這個萬籟俱寂的午夜，你也在眾多的情歌中，尋到了自己當年感情的主題曲，然而，物換星移，心緒已冷。

波瀾不興，一切都淡了，遠了。

兩條路

人生在世，從來鐘鼎山林都各有擁護者。你呢？你屬意哪一派？

有的人送往迎來，匆忙勞碌，毫不歇息。他們的心裡、眼中，唯有名和利。世俗之人每愛此，也不能算是有錯。

我獨愛清心，寧可簡樸度日，只圖生活悠閒。從此清風明月，好書任我瀏覽，好山好水任我遨遊。

道既不同，如何相與為謀？面對著陽關道與獨木橋，只因心性的差異，我們有著各自的選擇，其實原本無可厚非。

人生的路自己走。世間所有的選擇，也只在「甘願」二字，旁人又有什麼資格加以置喙呢？

只是，請先想清楚，日子寫意，不善營謀，或有可能簞瓢屢空。有了精神的富足，能否接受物質的匱乏？

我以為，能享一己的歡愉，就是幸運了。世事難有兩全，不是嗎？

延續

生命的可貴，在於生生不息。

然而，一己的生命多麼的有限，無常的來到眼前，竟然如此迅捷。總在一眨眼間，人生竟然走過了大半，盡頭隱約在望。

哪能不瞿然心驚？

延續是重要的，不斷繼起的生命讓香火綿延不絕，一代又一代。另一種方式，例如，是用音符或顏彩或文字創作，還有偉大的發明，造福了全世界人類。

有一天，凡軀終究要化為腐朽，發明和創作卻能穿越時空，成為最燦爛的星光，閃爍在天際，令無數的後人仰望。

就像

你是怎麼來看待生命的呢？

就像一葉扁舟，飄蕩在茫茫的人生汪洋。有時浪高風急，險象環生；有時波平浪靜，覽盡晨曦夕照的美。

順逆更迭，沒有誰能享有永遠的平靜和安寧。

總是這樣的，面對拂逆的艱難，如嚴酷的打擊，讓我們多有學習；也在諸事順遂裡，明白一己難得的幸運，知道心存感激。

就像一朵浮雲，飄蕩在寬闊的天空中。隨著風四處去遊歷，春花秋月都是詩；幽靜的夜晚，還有滿天的星星陪伴，讓寂寞遠去。

命運也如風，將我們吹往不同的方向，帶來了相異的契機，也會是逐漸洞悉世事的開始。

所有的艱難困頓中，都有上天給予的祝福。

不論會有怎樣的遭逢和歷練，都讓我們的生命更加圓滿，為此，我謙卑也感恩。

最美的珍藏

人生中最美的珍藏，是那些往日的時光。

年華儘管有些青嫩，眼眸裡卻盡是純真。赤子之心沒有機巧，最輕易就能走過天國的窄門。過往的那些點滴，都是記憶裡的珍珠，閃耀著溫潤的光芒，永遠不會磨滅。

縱使青春不能重返，我們在內心中依然充滿了渴慕，依然恆常有一種溫暖的召喚。

人生中最美的珍藏，是那些不可能再回來的往日時光。

無法重返，所以獨一無二。

或許，珍貴也就在這裡了。

九　歌　文　庫　　　1　3　1　5

追逐一夜花語

國家圖書館出版品預行編目（CIP）資料

追逐一夜花語／琹涵著. -- 初版. -- 臺北市：九歌，
2019.10
面；　公分. -- (九歌文庫；1315)
ISBN 978-986-450-258-5（平裝）
863.55　　　108014692

作　　者——琹　涵
繪　　者——蘇力卡
責任編輯——張晶惠
創 辦 人——蔡文甫
發 行 人——蔡澤玉
出　　版——九歌出版社有限公司
臺北市 105 八德路 3 段 12 巷 57 弄 40 號
電話／02-25776564・傳真／02-25789205
郵政劃撥／0112295-1

九歌文學網　www.chiuko.com.tw

印　　刷——前進彩藝有限公司
法律顧問——龍躍天律師・蕭雄淋律師・董安丹律師
初　　版——2019 年 10 月
定　　價——300 元
書　　號——F1315
I S B N——978-986-450-258-5（平裝）